JEAN-PIERRE LECLERC

D'UN HIVER A L'AUTRE

roman

l'Archipel

Un glossaire figure en page 205.

Si vous souhaitez recevoir notre catalogue et être tenu au courant de nos publications, envoyez vos nom et adresse, en citant ce livre, aux Éditions de l'Archipel,
4, rue Chapon, 75003 Paris.
Et, pour le Canada, à
Édipresse Inc., 945, avenue Beaumont,
Montréal, Québec, H3N 1W3.

ISBN 2-84187-092-8

A Pierrot

1

Patience sortit chercher quelques bûches, Mariole sur les talons. Le nez au vent, le chien renifla la nuit. Octobre : déjà le froid piétinait aux portes, tranchant, invisible et tenace. Contre le four à pain, le bois s'entassait, protégé des attaques du nord. Patience se chargea les bras d'un bout de souche éclatée et de branches mortes par-dessus – elles serviraient à allumer au matin – puis revint sur ses pas. Dans le noir, elle distingua la haute silhouette de la maison. A gauche du pignon, un pan de toit glissait sous la lune. « La neige peut venir, pensa-t-elle satisfaite, elle ne restera pas longtemps collée aux galettes ! » Patience désignait ainsi la toiture en lauze de châtaignier récemment posée pour remplacer le chaume, la paille de seigle ayant fait son temps.

L'habitation, absorbée dans l'ombre des frênes, n'est qu'une masse sombre, repérable la nuit tombée par le halo lumineux de l'âtre et de la lampe à pétrole que laisse passer l'unique fenêtre. En Cézalier – vastes et hauts plateaux venteux d'Auvergne –, début des années 20, il est rare de jouir d'un éclairage électrique. La maison des Toutin, Basson-Seul, bâtie en retrait des habitations, est administrativement rattachée au hameau isolé des Bassons, lieu-dit dépendant de la commune de Compains. Hier, maison de paysans aisés – espèce fréquente à une époque où quinze à vingt vaches et une dizaine de porcs suffisaient à faire vivre un couple d'éleveurs et cinq ou six enfants –, la voici, au lendemain de la guerre, tristement réduite à un refuge abritant Baptiste Toutin, que tous appellent Toutin, Patience, sa femme, deux vaches, une douzaine de poules et le chien, Mariole.

Sur ces terres volcaniques grêlées de lacs de cratères, lacérées de couzes tordues à l'infini, qu'interrompent les sauts de cascades bouillonnantes, bourrasques et tempêtes déferlent et tourbillonnent semblables à des enfants lâchés sur une aire de jeux sans limite. Frênes et hêtres isolés, fichés en plein champ, sont autant de signes parfois troublants pour le voyageur.

Hier, le Cézalier réservait sa toute-puissance à l'ancestrale culture du seigle ; les greniers regorgeaient de grain et le pain avait le goût des campagnes d'alors. Aujourd'hui, montagne à graisse, le pays, dans son immensité, s'allonge comme le mensonge d'un enfant, simple, candide et frais, sous couvert de pâturages illimités où la Salers, majestueuse reine acajou à l'estive, se repaît de mai à octobre. Terre de solitude aussi, où sont nés les Toutin ; qu'ils n'ont jamais quittée.

La lourde porte tirée, le loquet poussé sur les peurs de tout et de rien, la nuit put ramener son silence millénaire, le vent rafaler depuis les Dores, au Cantal. Ce soir-là, comme chaque soir, la soupe avalée, calé dans son fauteuil, Toutin bourra sa pipe. Patience traîna encore dans la souillarde autour de la pierre à évier, et, son tour venu, retrouva sa chaise devant le feu. Les bûches saisies craquaient, suantes et sifflantes. Aux pieds de ses maîtres, Mariole, endormi, gémissait perdu dans ses rêves. Une heure s'écoula sans qu'aucun des deux, le nez piqué sur les genoux, ne manifestât l'envie de communiquer. Patience eût volontiers entrepris la conversation, mais elle savait son homme à cette heure absorbé à ruminer sa souffrance. Aussi se taisait-elle, de peur de l'encolérer, et s'efforçait dans son isolement d'imaginer ses enfants peut-être plus heureux « ailleurs » que parmi les vivants.

Aux neuf coups sonnés, Toutin se leva. Sur une étagère, il rafla un reste de chandelle de suif qu'il alluma. Rapidement déshabillés, ils glissèrent sous la plume de l'édredon. Un « bonne nuit » qu'ils se marmonnèrent mit un point final au rite de l'après-dîner. Toutin moucha la chandelle entre pouce et index et, sur le cadre du lit, comme un machiniste sur la scène du théâtre le spectacle terminé, tira le rideau.

Restait à trouver le sommeil.

Depuis plus d'un an que les canons s'étaient tus, à Basson-Seul se succédaient d'interminables nuits sans repos.

Partis pour le front en compagnie d'un conscrit de Compains et de deux autres appelés de Saint-Alyre-ès-Montagne, Jean-Marie, l'aîné, et Joseph, son cadet de onze mois, n'étaient jamais reparus. L'armistice peu à peu rendit fils et maris au son des cloches ivres de victoire, sans que Patience et Baptiste eussent l'occasion jamais de s'en réjouir. En gare d'Issoire, ce dimanche de novembre, le quai, où s'était rangé le train pavoisé de tricolore ramenant les rescapés, avait disparu sous une foule d'hommes, de femmes et d'enfants pleurant de bonheur. Le bleu horizon, mêlé aux velours côtelés des jours de fête et aux rubans voltigeants des chapeaux de femmes, s'était répandu en une fantastique débandade. Le préau métallique courant le long des rails se fit l'écho de centaines de cris clamant des retrouvailles inespérées. Civils et militaires, accouplés, s'empoignaient dans un mouvement de lutte ; l'un cherchant à faire de l'autre son prisonnier. Assaillis, étreints, les héros cueillaient des brassées d'enfants agrippés à leur ceinture. La moisson tant espérée eut lieu sous des cascades de larmes.

Le maire, l'évêque à ses côtés, prononça un discours. Face à une foule recueillie, l'homme barré de tricolore évoqua le courage, la détermination et le sacrifice de ces fils de France partis élever un rempart de leur corps devant un ennemi assoiffé de sang. Un jour, promit-il, ces héros tombés au champ d'honneur auraient leur nom gravé à jamais sur le front d'un monument. Certains, dans la foule, prétendirent que ça leur ferait « une belle jambe ». Au centre des villages, un poilu, la face grimaçante de colère, exhorterait à la vigilance quiconque oserait oublier. Un corps roulant à ses pieds, le doigt tendu dans un ciel de novembre, ce symbole de la dégradation humaine témoignerait aux générations futures du sacrifice de leurs aînés.

1914-1918
A nos glorieux soldats morts pour la France

Sous l'épitaphe gravée dans le marbre ou la pierre, les noms alignés contre l'oubli rappelleraient la décimation des familles.

Le quai déserté sous la bénédiction de Monseigneur, le train conduit sur une voie de garage, les retrouvailles continuèrent sur l'esplanade. Le souffle d'un accordéon laissa échapper quelques notes entraînant une farandole, et l'on entendit bientôt galoches et godillots cloutés battre lourdement la chaussée. Guêtres, bandes molletières et jupons se soulevèrent en cadence. Les corps retrouvaient des automatismes que l'on croyait oubliés. Le temps ayant viré au beau, tout ce monde se rua aux tables des auberges trinquer à la certitude que plus jamais semblable horreur ne se reproduirait. Rires et éclats de voix sans pudeur ne tardèrent pas à fuser ; déjà, le cauchemar tournait à la farce.

En retrait de l'entrée principale, loin du vacarme étourdissant, Patience pleurait doucement. Toutin, saisi de tremblements, fixait le sol. Aucun de leurs fils n'était de ce putain de train. La boule nichée au fond de sa gorge l'eût étouffée si Patience n'eût appuyé sa tête à l'épaule de son homme, n'eût cherché sa main, ne l'eût trouvée et emprisonnée dans la sienne. Puis il fallut rentrer, comme venu, par la vallée de Rentière, chargé de la terrible certitude que la vie s'était arrêtée là, sur ce quai de gare.

Plus tard, un pli annonça le retour du corps de Joseph. Il alla reposer au cimetière de Compains. Une deuxième lettre, évasive, tenait Jean-Marie pour disparu au-delà des lignes ennemies. Il resterait prisonnier d'une terre dont l'existence lui était inconnue la semaine précédent son départ. Sa jeune vie désormais gisait en une lointaine plaine d'où les morts longtemps encore feraient signe aux vivants. Jean-Marie et Joseph posthumement décorés, Toutin fourra les médailles au fond d'un tiroir sous quelque passementerie oubliée. Geste de colère et d'indignation.

De ce jour, à Basson-Seul, le vin n'ayant plus goût d'« exception » coula à chaque repas. Toutin s'en emplit l'âme et le corps. Il déambula sur ses terres tonnant et crachant à la face du ciel et des gouvernants. Souvent, en retrait des chemins, il injuriait Dieu en personne.

– Qu'est-ce que tu en as à foutre, toi ? Des fils, tu en fais autant que tes curés peuvent en bénir ! Mais moi j'en avais deux… Seulement deux…

Blasphémer ne lui apportait qu'un piètre soulagement. Mesurant son impuissance, rageur, au comble de la démence, il frappait un arbre, cherchant à extirper la lame qui lui crevait le cœur. Ce Dieu, d'amour et de bonté, qu'il avait sa vie durant honoré sans jamais douter de son existence, aujourd'hui c'en était fait de son règne. Tout s'éclairait. Il n'est de Créateur tout-puissant, du Ciel, de la Terre et de tout ce qui va dedans, capable de prendre deux fils à un père et de permettre pareille boucherie.

– C'en est un qui n'existe pas, inventé par les papes et les bigotes pour nous faire filer droit ! hurlait Toutin aux quatre coins du pays.

Vidé, il rentrait à la nuit.

Patience était là, qui avançait son bol de soupe. Patience – il semblait que ce prénom eût été inventé pour elle –, assise à ses côtés, redevenait une mère attentive, le temps que ce grand corps retrouve un peu de paix. Il se laissait volontiers prendre les mains, baiser les tempes, caresser la nuque et les épaules. Et, peu à peu, la grosse boule haineuse comprimant son cœur se résorbait. D'autres fois, au contraire, Patience baissait les bras, lasse d'assister à une telle démonstration de violence. Possédé par l'envie de détruire, Toutin se mit à haïr le monde, selon lui bâti sur la lâcheté et le mensonge, et répugna bientôt à le fréquenter.

– Calme toi ! lançait-elle agacée.

Un soir, après son retour des plateaux, alors que son corps tremblait de colère, avide de vengeance, il avait accusé Patience de ne lui avoir donné que deux fils, la rendant responsable de la fin du respectable nom qu'elle portait.

– Je t'en prie, Baptiste, arrête de t'en prendre à la terre entière, sinon tu tourneras malade.

– Que je crève, et tout sera dit.

– Tu parles d'une avance ! Y a pas assez de nos gars, là-haut ?

– Ah non ! Pas ça ! Ne me parle pas de « là-haut » ! Mes gars, moi, je sais où ils sont ! Le Jean-Marie et le Joseph sont en dessous, pas au-dessus ! Tu entends ?

Plus tard, le calme revenu, dans le silence de la nuit, Patience avait joint les mains et prié : « Seigneur, je t'en supplie, ramène la paix dans cette maison. Et vous, mes fils, qui me voyez affronter le diable, aidez-moi à lui tenir tête. »

C'est ainsi que l'on vivait à Basson-Seul depuis l'armistice de novembre 1918. Dans la peine et l'ennui, les récriminations et les prières.

Lentement Toutin s'emmura dans l'hiver.

Planté au seuil de sa porte, il contemplait chaque jour le spectacle de la neige enfouissant la terre. Parfois, pris d'une hargne soudaine, il saisissait le manche de la cognée et fendait du bois jusqu'à l'onglée. Il semblait que son équilibre dépendît des violences infligées à son corps. Déjà il s'était séparé des vaches, ne gardant que deux d'entre elles ; des porcs dont un fut saigné et mis au saloir ; des chevaux et des bœufs. Ne supportant plus d'aller et venir entre étable, grange et maison, Toutin sentait la folie le gagner.

Crever de froid jusqu'à épuisement sur les sentiers et les chemins devint un plaisir qu'il découvrit un matin que la cime des arbres rejoignait le ciel. Une habitude qu'il prit vite. Dès sept heures, alors que le vent sifflait sous les fenêtres, il pansait en hâte les bêtes, avalait deux tranches de pain trempées dans un bol de soupe et se harnachait. Patience, impuissante à le raisonner, se détournait. Le chapeau enfoncé aux oreilles, la poitrine engoncée sous trois épaisseurs de laine, chaussé haut, ganté, une pèlerine sur les épaules, le cache-nez entortillé autour du cou, il partait. Tel passage aperçu dans la nuit grimpant au sommet des plateaux l'attirait.

Là-haut, le vent le cueillait. De face, souffle coupé, un genou à terre, il encaissait des gifles d'une violence inouïe. Commençait alors une lutte inégale contre la bourrasque. Toutin savourait pleinement sa soumission aux éléments. Roulé au sol, il n'envisageait pas de battre en retraite. Renoncer l'eût broyé. Arc-bouté, il repartait. Trébuchant encore. Encerclé, il ne cherchait pas à se protéger et le froid glaçait jusqu'à sa dernière goutte de sang. Brinquebalé au cœur de la tourmente, Toutin se racontait sa propre guerre. La bataille cessait la nuit venue, pour reprendre au matin. Sa connaissance parfaite du terrain lui évitait de s'égarer, au pire le sauvait d'une mort certaine. Les arbres, sentinelles abandonnées, figés dans la nacre du brouillard, devenaient des renforts inattendus. Appuyé à l'un des troncs, Toutin récupérait avant de se relancer. Ses tranchées n'étaient autres que de hautes congères qu'érigeait le vent, qu'ici l'on nomme l'écir. Courbé en avant, la tête dans les épaules, il en longeait les murs comme s'il avait eu à se protéger de projectiles meurtriers. « Jean-Marie !... Joseph !... », hurlait-il parfois. Les stridences de la tempête déchiraient l'air, et il se disait bien que ses appels ne passaient pas.

Jour après jour son errance l'amenait à décrire des cercles de plus en plus larges, courant sur des centaines d'hectares à découvert. Certains matins, il poussait droit devant jusqu'aux contreforts d'une banne dominant d'une tête l'ensemble du massif. Là-haut, dans le Joran, au sortir de la trame opaque, il arrivait qu'une hêtraie exceptionnellement dense bloquât son élan. La pénétrer eût été folie. Enneigé à mi-cuisse, Toutin hésitait, l'intérieur de la forteresse recelait des dangers qu'il n'osait affronter. Des failles profondes, des brèches striées telles des orgues, des dénivellations inattendues. Contourner s'imposait.

Stratégie qui l'amenait pour son plus grand plaisir à dériver de longues heures durant. En route, il n'était pas rare qu'il tombât au creux d'un vallon sur un buron enchâssé dans la neige ; des aboiements de chiens sevrés de liberté indiquaient aux occupants l'approche d'une présence.

Ce fou prenait soin de s'en écarter.

Épuisé, transi, Toutin regagnait Basson-Seul à l'heure où un reste de clarté lui permettait tout juste de se retourner. Il accélérait la cadence ; tergiverser n'était plus de mise, quiconque se serait fait surprendre de nuit par ce temps polaire eût été trouvé mort. Visage et membres figés, il piétinait devant l'âtre. Dévêtu, c'était cul sec, coup sur coup, deux verres de marc qu'il descendait.

– Où as-tu traîné, aujourd'hui ? demandait Patience.

– Par là-haut… répondait-il.

Heureuse de le voir sain et sauf, elle ne cherchait guère à en savoir davantage.

Revigoré, il retournait à sa besogne. Il lui fallait traire, changer la litière, remplacer l'eau, ajouter du fourrage, baratter une motte de beurre, égoutter un fromage, s'assurer que portes et fenêtres ne claqueraient pas jusqu'au matin et fendre suffisamment de bois pour la soirée et la journée du lendemain. Ses rares occupations hivernales se résumaient à parer au plus pressé, comme de diminuer la réserve de bois et de grossir le tas de fumier.

– Tout un jour dans ce froid, sans rien dans le ventre et si peu sur le dos, mon pauvre Baptiste, tu perds la boule, se lamentait Patience.

– A quoi elle me sert, ma boule ? A me souvenir ! Mieux vaut la perdre.

– Tu crois que tu es le seul à te rappeler ? Jean-Marie et Joseph n'étaient pas mes fils, peut-être ?

– Je te dis pas non !

– A la bonne heure ! parce que moi aussi je pense à eux sans arrêt, et je déguste autant que toi. Tout comme la tienne, ma vie n'a plus beaucoup de sens, mais ce n'est pas une raison pour que je rajoute à mon mal.

– Chacun sa médecine.

– Tu vas tout de même pas passer le restant de tes jours à vadrouiller dans la montagne ?

– En ce moment, c'est comme ça.

– Et de boire ?

– Boire réchauffe l'hiver et rafraîchit l'été !

– Alors on m'a tué mes deux garçons et changé mon homme. Que vas-tu gagner à la fin ?… Devenir un jean-foutre, une gourle, un traînard ? Regarde ton domaine, il fout le camp par tous les bouts, on n'a plus de bêtes, plus de travail, plus de fierté ! Ne plus faire face, ne plus rire, te crèvera avant l'heure...

– Gueule pas !

Silence.

– Tu vas me rendre folle.

– On peut rien à ce qui nous arrive, tu entends, rien !

– Mais si, tu te trompes, on peut tout ensemble, à travailler.

– Mais travailler pour qui, bordel ? Pour le roi de Prusse ? Le jour où on lèvera les bottes, toi et moi, à qui reviendra Basson-Seul ? A l'État ! Dans ce cas, autant laisser des ruines.

Le moment venu de manger la soupe, chacun gardait ses yeux baissés sur son bol. N'était Mariole qui naviguait de l'un à l'autre, pas âme n'eût bougé. Et que dire de la veillée, inutile rallonge d'un jour déjà interminable ? Dans une demi-obscurité Toutin ressassait selon son habitude, tirait sur sa pipe, caressait le chien, rien de plus qu'une gestuelle abandonnée à la mélancolie. Patience coupait du pain dur, en carré, qu'elle mettrait à tremper le lendemain dans une eau mélangée à cinq ou six poignées de son. Et en nourrirait sa volaille. Ensuite elle passait aux châtaignes. La valeur d'une mesure de cinq litres remplissait une cuvette d'émail calée entre ses cuisses. Les écorces jetées dans le feu crépitaient sous les flammes et donnaient durant quelques instants un surplus de clarté, tandis que les fruits dénudés roulaient au fond d'un faitout d'où ils ressortiraient en purée. D'autres fois, elle les réservait jusqu'au lendemain et les pilonnait pour obtenir sa farine à pain. Une avance que Patience prenait sur le temps. Non qu'elle fût accablée d'ouvrage, mais employer ses mains vidait son cœur de toute tristesse nichée dedans.

– Ça te dirait un tour à Brion, demain ? se risqua-t-elle.

Neuf coups retentirent à la pendule. Toutin tapota sa pipe, cura le foyer, souffla dans le tuyau et la déposa sur le rebord de la cheminée, près du tabac.

– Il y a donc une foire ?

– Ne me dis pas que tu as oublié.

– Qu'est-ce que tu veux y faire ?

– Voir du monde, prendre des nouvelles...

– Des nouvelles du monde... Si ça te convient !

Cela valait un oui. Sans doute trouva-t-elle ce soir-là le sommeil plus rapidement.

2

La nuit traînait encore lorsqu'ils se mirent en route. Un froid blanc piquait cruellement. La lune ronde allongeait les ombres des arbres. Ne possédant plus de cheval, ils firent à pied les six kilomètres les séparant de Brion.

Sur le chemin tapissé de neige, loin de ses plateaux, Toutin déroulait ses foulées dans la plus parfaite indifférence. A peine si ce diable d'homme sentait le froid lui mordre les oreilles. Patience, au contraire, avançait déterminée, portée par un regain de vigueur. Quiconque l'eût vu passer eût affirmé que cette femme s'employait à repousser les derniers pans de nuit, tirant à ses trousses les premières couleurs du jour.

Brion n'est rien. De ces riens qui enchantent : un hameau planté derrière le mur d'orgues volcaniques du mont Madeleine. Quelques maisons basses et sombres – fouettées par pluies et vents en automne, étouffant sous la neige l'hiver, grillant au soleil l'été – s'éternisent près du foirail que les troupeaux de vaches occupent bien avant l'aube.

Les jours de foire, Brion est tout.

Soudain, le monde. Du fin fond des brumes matinales montent les velours côtelés, les larges chapeaux, les biodes, amples blouses noires ou bleues qui étirent les silhouettes, arrondissent les ventres. Les visages tannés dans la vivacité de l'air, les trognes rubicondes, les regards furtifs, les bouches édentées, cintrées d'épaisses moustaches, les mains gonflées d'avoir tant empoigné. Mais aussi les bâtons brandis, les cris, les surnoms, le patois, et les gestes ancestraux. Ici, on évalue, on discute, on prend du bon temps. Là, on conclue, on tope, on donne sa parole et on ne se dédit pas. Sortent de dessous les poitrines – ultime coffre-fort de l'Auvergnat – les larges portefeuilles en cuir. On compte et on rit de la bonne affaire, les billets changent de poche, on boit le coup.

Accourus des villes, des villages, des hameaux, tous savouraient la joie intense de déambuler sur le foirail, parapluie pendu à l'épaule. Qui de soulever son feutre au passage d'une connaissance, d'embrasser un parent, de s'attarder auprès d'un ami. Aux alentours de dix heures, les burons, auberges improvisées, se remplissaient. Les tripous fumaient, les verres de vin rouge et rosé se vidaient. Dans les salles enfumées, serrés sur des bancs, hommes et femmes trinquaient en blaguant. Soupes, charcuterie, viandes, fromages et pompes, servis par des filles vives et rondelettes, couvraient peu à peu les plateaux rugueux des tables, entre assiettes et bouteilles. Bientôt évincés par une armada d'eau-de-vie et de marcs. Les plus prompts à apprécier les alcools exigeaient qu'on laissât les fioles.

– Gare ! riait-on dans l'assistance, les fossés vont se garnir comme des sabots de Noël !

Prophétie avérée.

Sur les chemins du retour, quelques-uns des plus ivres roulaient au talus. On les chargeait sur un char, on les couchait tout vêtus à l'arrivée.

Toutin et Patience se fondirent à la foule chacun de son côté. Lui, longea le foirail du haut entre le cul des vaches, ignorant hommes et bêtes, déviant son chemin de toute connaissance aperçue au loin. Finalement, il alla se réfugier dans la salle à manger d'une des auberges ouvertes pour la circonstance. La pièce sentait fort le chou. Une vieille le salua et prit la commande. « Du vin ! », demanda Toutin. La tenancière s'exécuta. Il n'était pas rare de voir le nombre de débits de boissons doubler les jours de foire. L'été, des particuliers en mal de gains faciles sortaient tables et chaises en terrasse. Certains d'entre eux proposaient un plat à midi. Suspendu aux volets, ici, l'écriteau annonçait : soupe, chou farci, fromage.

Las d'attente, Toutin réclama la bouteille sur table.

Patience, elle, ne tarda pas à se trouver en connaissance. Des femmes, comme elle, nées de l'autre côté des Dores, à Saint-Avit, à Sauvagnat près Hermen, à Tortebesse, également établies en Cézalier, chez leurs hommes, à Égliseneuve d'Entraigues, à Ardes-sur-Couze, à Compains, à Espinchal, à Saint-Alyre. Des gaillardes suantes de santé, la mine pimpante, les mains épaisses, les hanches rondes. Des charpentes, capables d'enfanter, de manier l'outil, d'élever la volaille, d'engraisser les porcs et de fabriquer le fromage sans négliger la maison et moucher les petits. Des natures. Elles aussi, à l'occasion de la foire, vêtues de propre, tentaient d'en imposer. Hélas, le froid gâchait l'étalage des couleurs : elles étaient couvertes de la tête aux pieds. Bonnets et manteaux, gris ou noirs, s'accordaient à l'air opaque et glacé.

– Heureusement que ce petit rayon de soleil nous réchauffe la couenne !

Elles échangèrent des nouvelles des villages où personne ne retournait guère. Ainsi on apprenait les naissances, les baptêmes, les mariages et les décès.

Les fiançailles retenaient l'attention de ces femmes ; époque où, toutes jeunes filles, elles s'abandonnaient à leurs premiers émois. Les meurtres et les suicides prolongeaient les commentaires. Deux ou trois détails ignorés des journaux se confiaient à voix basse. Entourée des commères, Patience revivait. « Mes fils seraient mariés à présent, songeait-elle, et j'aurais probablement des petits-enfants. J'en achèterais, des babioles, à mes marmots ! » Elle s'attarda longtemps sur un monticule. Tous à ses pieds, paysans madrés, pressés d'en finir, se hâtaient de l'un à l'autre pour gagner ensemble les burons où coulait le vin chaud.

– Patience !

On l'appelait. Une grande femme, en contrebas, souriante, sèche comme un coup de trique, écartait les bras.

– Je me disais, en te voyant de loin, dit-elle de sa grosse voix, j'ai pas la berlue, c'est bien elle !

– Minette !

Patience dévala le talus et se jeta dans les bras de son amie.

– Doucement ! glapit la nouvelle venue, que tu vas me casser en deux !

Elles se mangèrent les joues quatre fois.

– Si j'avais su te trouver là, j'aurais fait la route sur les genoux ! exulta Patience.

– Qu'as-tu fait de ton « sombre », demanda Minette. Tu l'as laissé au bercail ?

– Non, il doit m'attendre quelque part en dessous.

– Il a lâché un peu la bride ?

– Tu vois.

– Toi, on peut dire que tu portes bien ton nom. A ta place, il y a beau temps que j'aurais fait mon sac et taillé la route... Tout le monde raconte que vous vivez comme des animaux et que ton homme travaille du béret.

– Laisse causer, aujourd'hui il est là, c'est un progrès, non ?

– Si tu le dis...

– Je le dis. D'ailleurs, à toi, j'ai toujours tout dit. Déjà à l'école...

– Oui, parce que je vous dépassais toutes d'une tête !

– Tu étais un peu notre grande sœur, et surtout la meilleure en calcul.

– Tu parles ! J'avais pas grand mérite, avec mes deux années de retard. Quand je pense que j'ai échoué au certificat d'études... Je sens le rouge de la honte me colorer de haut en bas...

– Ça ne t'a pas empêché de te marier !

– Eh non ! Le maire a posé la question, et j'ai répondu oui, d'instinct. Faut croire que c'était la bonne réponse, puisque Bogelot et moi sommes repartis mari et femme !

– Et que devient-il, ton Bogelot ?

– Bah, il embrasse un peu trop la bouteille et ce ménage à trois ne me plaît guère, mais il trouve le temps de tomber son travail, alors ma foi !... Il n'est pas devenu bien beau, par exemple, un nez d'arsouille et un ventre de bedeau. Mais il file droit, t'occupes ! parce que j'y vais pas avec le dos de la cuiller.

Les deux femmes riaient. Joie de se retrouver après deux ans.

– Et tes enfants ?

– Mes enfants... Eh bien, le Fernand voulait plus travailler la terre, trop basse sans doute, alors le voilà chez Michelin à Clermont. Cuire du caoutchouque toute une sainte journée, bouclé, vrai ! Faudrait me payer cher ! Après tout, ça le regarde. Quant à la Mauricette, figure-toi qu'elle s'est dégotée un magasinier de Manufrance, et pardi, elle a pris la direction de Saint-Étienne. François et Paul, eux, par contre, sont toujours à la maison. Ils fréquentent. Qu'ils disent ! Mais va, les noces sont pas pour demain. Ces deux corniauds sont bien capables de s'établir vieux garçons à force d'essayer la marchandise et d'en garder aucune...

– Ne désespère pas, déjà ta famille est au complet !

– D'autant qu'elle va s'agrandir. Je t'ai pas dit le plus beau ! La Mauricette attend un petiot. Petite garce, partie sans demander son reste, et pas mariée avec ça... Mais allez, laissons ça. Tu sais bien que je pleure comme je pisse. Ah ! saloperie de guerre... Si c'est pas malheureux, des horreurs pareilles... Viens ma jolie, viens, mon gros doit rôder pas bien loin. On va lui mettre la main dessus et lui faire payer le coup. Après on trouvera bien ton Toutin, et on cassera la croûte tous quatre.

Bogelot se tenait en effet près des vaches, gesticulant devant deux grands moustachus.

– Regarde-le faire l'artiste !

– Ne le dérange pas, souffla Patience.

– Je vais me gêner ! Pour ce qu'ils se racontent !... Antoine ! cria-t-elle. Vois un peu qui j'amène !

– Patience Toutin, par exemple...

– Bonjour, Antoine.

– Comment va ? Je parlais de vous pas plus tard qu'avant-hier, avec le p'tit Dédé, le gendre de la Marinette des Chanôts, celui qui a eu un bras cassé sur...

– Oh ! dis, abrège, coupa Minette, on s'en fout du bras cassé.

– Je vois bien de qui il s'agit.

– Ma parole, vous rajeunissez !

– Pense bien !

Antoine ne se fit pas prier pour régaler les deux femmes.

Lentement, le champ de foire se vidait. Les bêtes, en file indienne, repartaient vers les étables sous la conduite de jeunes garçons braillards engagés à la journée. Les rares camelots, derniers à remballer, bonimentaient à propos de lots encombrants. Celui-ci bradait des draps, des couvertures et des taies d'oreillers, offrant trois napperons en dentelle du Puy au centième client. Celui-là, spécialisé dans le matériel de cuisine, promettait à la première de ces dames qui le débarrasserait d'une batterie de six casseroles émaillées un rouleau à pâtisserie spécialement conçu pour les maris récalcitrants.

– Un coup suffit, hurlait-il, et l'homme rampe à vos pieds. En effet, l'objet, en chêne massif, cylindrique, apparemment inoffensif, peut, habilement manié, assommer un bœuf !

Puis il ajoutait :

– Si l'article ne donne pas satisfaction, il sera repris et échangé !

Les chiens montraient alors le plus grand intérêt à flairer les emplacements laissés vides par les bêtes. Ils couraient derrière des odeurs nauséabondes ; une sorte de chasse au trésor sur un parcours jonché de déjections et de flaques d'urine. Dans la paille souillée, ils trouvaient bon de s'attarder et de se vautrer.

Antoine, le premier, aperçut Toutin accoudé au comptoir du café Richard.

– Alors comme ça, monsieur lève le coude en douce de la compagnie !

Toutin pivota.

– Si j'avais dû attendre que tu me rinces la pente, je serais sec depuis longtemps.

Toutin n'aurait su l'expliquer, mais, comme chaque fois, il ressentit une certaine joie à retrouver les Bogelot. Sans doute était-ce la grosse bouille couperosée d'Antoine, son sourire permanent, ses rondeurs, contrastant avec le physique erratique de Minette.

– Mets donc trois verres de plus, commanda Toutin au patron, et trouve quatre places. Boudin-pommes de terre pour tout le monde ! Alors, Minette, toujours la même ? Raide comme un noisetier !

– Dame, faut se maintenir quand on vit avec un outil pareil !

Le repas fut agréable. Méconnaissable, Toutin taquina Antoine sur son embonpoint. Piques qui ne semblaient pas atteindre le bonhomme.

– Mon ventre se porte bien, du coup moi de même.

– Et ton foie, éponge ! Si on le tordait, il pisserait assez de vin pour abreuver tout un banquet !

Minette ne pouvait s'empêcher de rabrouer Antoine quand celui-ci laissait entendre une trop grande passion pour la bouteille. Patience se dandinait de plaisir sur sa chaise. Toutin riait et plaisantait comme aux plus beaux jours ; elle se prenait à espérer que le plus dur de l'épreuve était peut-être passé. Le long parcours cahotique achevé, l'éventualité de reprendre le cours normal de la vie lui parut possible. « Nous le pouvons, pensa-t-elle. La cinquantaine, ce n'est pas encore la vieillesse. » Après le café, on but la goutte. L'alcool exhalait un parfum de fête ; les voix se firent plus fortes.

– On dira ce qu'on voudra, mais sacré bordel, ce putain de marc est foutrement bon...

– Où as-tu été élevé, Antoine Bogelot ? tonna Minette.

– Dans un bled identique au tien, la grande ! Un qui pue la bouse et la sueur.

– Il est rond comme une queue de pelle, ma parole !

– Peut-être bien, ma chère femme, je vais donc en profiter pour dire deux mots à môssieur Baptiste...

– Qu'est-ce que tu peux bien avoir à me dire ?

– Ceci : à mon avis, ce qui vous manque à Basson-Seul, c'est de la compagnie.

Toutin se renfrogna.

– Laisse-moi t'expliquer. Il vous faudrait un peu de jeunesse dans les pattes.

– T'es plus saoul que t'en as l'air.

– Arrête de me couper tout le temps. Ce que tu fais n'est pas bien, pas bien du tout.

– Qui le dit ?

– Qui, qui... Moi et d'autres !

– Ouais, eh bien ! toi et les autres je vous emmerde. Vous le saviez ?

– On s'en doutait un peu, figure-toi. Mais, passe. Le propriétaire d'un domaine tel que Basson-Seul n'a pas le droit – tu entends Toutin ? –, n'a pas le droit de le laisser pourrir sur pied. Et traîner derrière soi un grand malheur n'est pas une excuse. Du moins, n'en est plus une si longtemps après. Baptiste, emmerder la terre entière reste à la portée du premier venu. Tenir un domaine, là, il faut quelqu'un d'autre.

– Tu as fini ?

– Presque... Faire le somnambule ne te rendra pas tes fils.

– Concernant mes fils, un conseil : occupe-toi de ce qui te regarde !

Toutin venait d'abattre son poing sur la table, soudain furieux.

– Et aussi cet autre conseil : arrête ta morale, parce que ça risque de chauffer pour tes abattis.

– Personne n'a la prétention de vous faire la morale. Seulement, pour une fois, Antoine a raison... Redonnez un peu d'éclat à votre maison et vous reprendrez goût à la vie. Engagez un aide...

– Un autre sur mes terres, en l'absence de mes fils ? Jamais !

– Alors une bonne, bien délurée. Une fille de ferme n'a pas peur de retrousser les manches et de se salir. Beaucoup de femmes en font autant que les hommes, par chez nous.

– Ma pauvre Minette, vous causez comme un député qui n'a pas la moindre idée de ce qu'il raconte. Qu'est-ce qu'une fille ferait à Basson-Seul ?

– Diable, tu en prenais bien une chaque été, avant que... Tu peux sans doute te débrouiller seul avec les bêtes, au début, mais pour ce qui est du reste, Patience et la fille ne seraient pas de trop... Qu'en dis-tu, à la fin ?

– J'en dis, Toine, que tu aurais fait un bon camelot, tu en as le bagout ! Et toi, que penses-tu de toutes ces belles paroles ? ajouta-t-il en s'adressant à Patience. Je suppose que vous aviez combiné votre affaire ! M'emmener à Brion et vous mettre à trois pour m'asticoter...

– Personne n'a rien combiné, tu entends, personne, dit Antoine.

– Admettons. Mais ce n'est pas à toi que je parle.

Patience, qui n'avait pipé mot, espérant ses amis capables de fléchir son mari, expulsa un long soupir. Puis elle eut deux ou trois de ces balancements de la tête qu'ont les gens timides, soudain obligés de livrer un avis.

– Vois-tu, Baptiste, lâcha-t-elle enfin, j'avais espéré, seulement espéré, que te retrouver avec du monde depuis tout ce temps te rendrait l'envie du travail. Mais puisque tu sembles ne pas vouloir t'y remettre, alors je vais partir. Je te le dis et je ne gueule pas, je ne menace personne, je me contente de tout plaquer. Même chez les autres, je serais moins malheureuse que dans ma propre maison. Te voilà prévenu.

Tassé par trop de gnôle, Toutin fixait Patience d'un œil atone et ne semblait pas accorder grand crédit aux dires d'une femme qui jusqu'alors n'avait jamais osé montrer le moindre signe de révolte.

Le retour vers Basson-Seul fut pénible. Vexé de s'en être fait remontrer, Toutin avançait à grandes enjambées dix mètres devant Patience. Ils n'échangèrent pas le moindre mot durant la soupe. Plus tard, assis près de l'âtre, une pointe d'ironie dans la voix, Toutin laissa tomber :

– Tu le fais quand, ton baluchon ?

– Peut-être plus tôt que tu ne le crois.

3

Une rafale de vent lui décolla le chapeau de la tête. Zigzaguant, la coiffe alla se ficher dans les griffes d'un roncier. Toutin courut derrière, se jouant de l'épaisseur de neige. Rien ne pressait tant pour lui que d'atteindre au plus vite les plateaux et se livrer aux spirales de la tourmente. L'ascension terminée, il pouvait enfin contempler splendeurs et puissance de son univers. A perte de vue la neige polissait creux et bosses, escamotait les pièges tendus par les pentes, les trous et les tourbières. Juché à l'abrupt de son royaume, ancré à ce sol aimé, Toutin parvenait enfin à donner un sens à sa détresse. Il lui semblait dans ces moments qu'une porte s'ouvrait dans son cœur et que les êtres tombés se relevaient un à un du fond de la terre pour reprendre place parmi les vivants. Du plus haut des montagnes, isolé d'un monde qu'il avait cessé de regarder dans les yeux, tous les rêves semblaient devenir réalité.

Une semaine s'était écoulée depuis la foire. Comme chaque fois qu'il empruntait le chemin bas, de retour des plateaux, il déboucha à l'arrière de la maison. Les volets, habituellement clos à cette heure, n'attirèrent pas son attention. Il entra. Nul feu ne brûlait. La salle froide résonnait d'un étrange silence. Des odeurs aigres de soupe froide flottaient. Sur le pas de la porte,

Toutin siffla le chien. Il attendit de le voir débouler, puis se lassa. A l'étable, une vache manquait. Il visita la porcherie, la grange, et fit par l'extérieur un tour complet des bâtiments. Personne. Appeler n'eut servi à rien. Il fit demi-tour. La nuit à présent empêchait son regard de fouiller les lointains. Il entra. Aucune colère ne grondait en lui. Toutin jeta sur les chenets quelques branches sèches, quelques bûches. Les flammes se dressèrent aussitôt. Machinalement, il se laissa tomber dans son fauteuil.

– Patience, Patience..., murmura-t-il.

Tôt le matin, Toutin partit pour les plateaux. Patience avait rempli un sac de quelques affaires, noué une corde aux cornes d'une vache et, son baluchon à l'épaule, enfilé la route d'Espinchal par les raccourcis menant au col de la Chaumoune, Mariole dans ses pas. Elle savait, un lit l'attendait chez les Bogelot. La voyant débarquer, Antoine et Minette comprendraient ; ils l'accueilleraient sans bousculade, sans question, et ne tenteraient pas de la convaincre de rebrousser chemin le lendemain. Flanquée de sa vache, elle n'arrivait pas les mains vides, en mendiante, et saurait régler son gîte et son couvert, le foin de la vache, la soupe du chien.

Puisque la joie d'être mère et épouse, de mourir en paix, l'âge venu, entourée d'une descendance heureuse et bien installée lui était refusée, puisque Toutin restait sourd à ses menaces, Patience avait décidé de prendre en main son destin. Bien sûr, elle l'aimait encore, elle n'était pas de ces femmes qui changent de sentiment. Bourru, renfermé, certes le bonhomme était tout cela, mais, une fois ses défauts admis, l'existence devenait supportable. A présent, Patience ne voyait d'autres solutions que d'opposer sa volonté à l'égoïsme de son mari.

– Ha ! ha ! ha ! ricana Antoine, il va faire une drôle de tête, le Baptiste, en trouvant la baraque déserte !

– Veux-tu te taire ! cria Minette. On ne se moque pas du malheur des autres ! Et ne ris pas trop fort, parce que c'est peut-être ce qui te pend au nez, si tu continues à dégoiser ! Va plutôt voir là-bas si j'y suis, et quand tu y seras, occupe-toi de la vache !

– C'est demandé si gentiment qu'on ne peut pas te le refuser, minauda Antoine en sortant.

– Merci de me garder avec vous.

– Ben !... manquerait plus que je te mette à la porte ! Tu vas t'installer avec ton chien dans la chambre de Fernand. Allez, prends ton baluchon et suis-moi.

– J'espère ne pas avoir à vous déranger bien longtemps !

– Reste le temps qu'il faudra. Mais, à mon avis, Toutin ne tardera pas à débarquer mieux disposé. C'est bien comme ça que tu vois les choses, non ?

– Ma foi...

– Bon. En attendant, ça lui fera les pieds.

– Si seulement !

– Par contre, prends garde à ce qu'il ne t'embrouille pas. Tu retourneras avec lui à condition qu'il te fasse promesse d'engager quelqu'un en vue de relancer la maison, sinon reste ici, t'es chez toi.

– Ah ! Minette, comme j'aimerais que ce soit aussi simple.

– Dis donc, dis donc, on va pas éternellement se laisser mener par ces brutes...

– Diable de femme ! souffla Toutin.

Au lendemain du départ de Patience, il comprit qu'elle ne cherchait pas autre chose qu'à le faire plier.

– Amener du monde ici, voilà bien des idées de femme ! Se compliquer la vie avec une bonniche... D'un autre côté, à ce train-là, Basson-Seul...

Encore deux ou trois ans et il ne serait plus qu'un immense gâchis envahi d'herbes folles, la désolation même.

Toutin se le disait bien.

Ce qui avait été l'orgueil des Toutin allait-il retourner au néant par sa faute ? Jean, l'arrière-grand-père – fondateur de Basson-Seul –, avait établi sa renommée en construisant à l'écart du hameau ce qu'il est convenu d'appeler une maison solide. Joseph, le grand-père, son tour venu, s'était employé à agrandir et à valoriser le domaine en y ajoutant une grange, un four à pain et une borne d'eau courante. Jean-Baptiste, le père, bien que mort jeune de la grippe asiatique, eut le temps d'assouvir son esprit de conquête, s'adjugeant des pâtures supplémentaires dont l'une bordée d'une hêtraie, un trésor en ce pays peu hospitalier pour le bois. Toutin n'avait que trop tardé à accomplir sa part. La porcherie, seule œuvre qu'il eût pu mettre à son crédit, n'avait rien de spectaculaire. Ce qu'il avait agrandi, lui, c'était le troupeau, passé du simple au triple. Cent à cent-dix belles bêtes. Ses garçons, en leur temps, promettaient davantage. Certains de leurs propos sur la diversification l'étonnaient encore et flattaient sa vanité. Jean-Marie et Joseph parlaient alors d'exploiter eux-mêmes leurs produits, sans avoir à passer par les intermédiaires. La création d'une coopérative laitière était dans l'air. Se jouer des difficultés que représentait l'organisation d'une telle entreprise les excitait. Réaction naturelle, pour des jeunes gens nés en plein essor industriel.

Il s'en souvenait, ses fils étaient ambitieux.

Toutin longea le mur de Basson-Seul. A plusieurs reprises, comme l'aurait fait un enfant miné par le chagrin, sa main effleura le pan de gneiss que la rangée de frênes protégeait des assauts de l'écir. Passé l'angle de la maison, il découvrit un paysage somnolent à l'infini dans la lumière de l'hiver. A gauche, le hameau des Bassons lâchait d'épaisses fumées fuligineuses par-dessus les toits. A droite, les hauts sommets triomphaient d'un lourd brouillard sous lequel il imagina les pâturages désertés, semblables à d'interminables landes sans âme. Le Cézalier, le Seijaveî, comme le nommaient les anciens en raison de sa spécificité de terre à seigle, tout en épaules et rondeurs, disparaissait sous la neige et le givre.

Toutin sentit peu à peu son cœur se serrer au spectacle de cet océan de terre inerte. Tant de souvenirs engloutis dans ce Joran, succession de hauts plateaux... A l'horizon, le pays d'Allanche, la beauté pour unique richesse et, derrière le ressac verdoyant, Compains, ses façades ternes, son cimetière, dernier lit de Joseph. Ses fils, toujours présents... Mais comment aurait-il pu en être autrement sur ces terres qui les avaient vus grandir. Et, plus loin encore, au-delà des Dores et des plaines, là où ses yeux ne pouvaient porter, d'autres monts, d'autres plaines renvoyaient l'écho des cris d'enfants perdus.

Accoté au mur, Toutin pleura.

La semaine s'écoula, lente, maussade. Il ne reprit pas le chemin des plateaux. L'épaisseur de neige rendait impossible toute circulation. Aux abords des maisons, chacun s'activait à déblayer l'accès aux granges, aux celliers. Toutin se contenta de déneiger un mince passage du seuil de sa porte jusqu'au tas de bois. A l'étable, la vache meuglait d'ennui. Agacé par ses plaintes répétées, il s'en allait l'apaiser. Elle se dressait alors, tournait la tête, tendait le col sous les tapes amicales. Toutin traînait un peu, en deux ou trois coups de fourche rajoutait du fourrage dans la crêche, raclait la litière, puis appuyait l'outil n'importe où et s'en retournait s'asseoir près de la cheminée plonger dans sa solitude. Las de scruter les flammes, le plus souvent il arpentait la salle commune, fixait le cadre où figuraient côte à côte les jeunes visages de ses fils ; s'il tenait un bol à la main, un verre, ne pouvant apaiser sa rage autrement, il le fracassait contre le mur. Puis de nouveau traînait le pas. Certaines tâches qu'il entreprenait sans conviction, comme de traire, ne lui procuraient plus le moindre divertissement. Et toujours il retournait près de l'âtre où il s'endormait avec l'arrivée de l'obscurité.

Cette nuit-là, l'écir courut si vite qu'il vint cogner la maison de plein fouet. Se faufilant par les vantaux des volets, il choqua violemment la fenêtre. Chassées des lauzes de châtaignier, des poussières de neige tourbillonnèrent sous la lune ronde.

Assoupi, Toutin sursauta.

La maison tambourinait de toute part, des braises moribondes jetaient un dernier reflet. Il s'apprêtait à passer au lit lorsque la porte d'entrée résonna à son tour. Le vent ! pensa-t-il tout d'abord. Puis la porte de nouveau fut secouée. Quelqu'un ? Toutin enfila pantalon et sabots et revint sur ses pas. L'âtre mourant dépassé, il s'appuya à un coin de la table et écouta. Rien. « J'ai rêvé, je deviens maboule... » Enfin une troisième volée de coups ébranla la porte.

– Qui est là ? cria-t-il.

Le vent emporta la réponse.

– Qui ?

Mais les coups redoublèrent. Toutin songea qu'à trop attendre l'homme ne tarderait pas à geler sur place. Il libéra le loquet et ouvrit. Dans la noireté de la nuit, il ne put distinguer qu'une jeune figure inconnue perchée sur une haute silhouette. L'homme se dandinait, transi.

– Je suis pourtant venu d'un bon pas, dit-il enfin. Mais, décidément, la neige rend les routes impraticables. Et ce vent qui vous force à avancer tête basse ! Je me nomme Jean Lorlanges.

– Connais pas de Lorlanges, mais, qui que tu sois, viens par ici.

– Plus bas, on m'a indiqué la maison des Toutin que je cherchais, de Baptiste Toutin.

– Tu y es. C'est moi, Toutin. Pousse le loquet et assieds-toi. Le temps de rajouter une bûche et je te réchauffe un reste de soupe.

L'homme s'avança jusqu'au cantou, tremblant et courbé, soufflant sur ses doigts rougis. Sa lourde capote de gros drap bleu pissait l'eau derrière lui. Son bonnet retiré, il fit sauter de son épaule une musette qu'il portait en bandoulière et se laissa tomber sur un des bancs. La tête rejetée en arrière, il s'abandonna pleinement à la chaleur, les mains au-dessus des flammes renaissantes.

Dans la clarté vacillante, pour autant qu'il put en juger, Toutin lui donnait vingt-cinq ans au plus. A juste raison. Les boucles blondes de son visiteur, son regard bleu, son visage doux et allongé ne trahissaient guère plus malgré un duvet naissant sur la lèvre supérieure, de fortes épaules et une haute taille.

– Qu'est-ce qu'un jeune gars fabrique sur les routes, dans ce froid, à pareille heure ?

– Ma foi... Si vous ne voyez pas d'inconvénient à ce que je me réchauffe, d'abord la soupe. J'ai le ventre gelé comme un pain de glace.

Toutin déposa une casserole à même les braises et une assiette au sommet d'un landier, puis, attendant que la soupe tiédisse, servit au garçon une rasade de marc. A la deuxième, qu'il but cul sec, le jeune homme fit claquer sa langue, signe qu'il retrouvait un peu d'entrain. La soupe chaude termina de le requinquer, n'étaient ses doigts de pieds qui le picotaient encore.

– Finiras-tu ? demanda Toutin qui mit la casserole sous le nez de Jean Lorlanges.

– Je dis pas non, elle est bonne, répondit le garçon.

– Grand bien te fasse. Après, tu me diras un peu ce qui t'amène à Basson-Seul.

La soupe terminée, Lorlanges – il avait retrouvé tout son allant – se leva déposer la casserole sur la pierre à évier. Sa capote abandonnée sur la table, il vint reprendre sa place et, les mains en suspension au-dessus des flammes, commença son récit.

– Voilà. Je suis en route depuis hier, au matin. Parti de Mareuge, bien en deçà de Murol. Le soir, j'ai trouvé à dormir avant Besse ; un marchand de fromages, un certain Coumelière, m'a hébergé, un brave homme qui, soit dit en passant, m'a proposé du travail au printemps. Mais il sera temps de voir.

– Tu n'as donc point de famille ?

– Pardi, oui, j'ai une famille ! Et nombreuse, trop même. Trois garçons et quatre filles, en plus des parents, ne peuvent pas prétendre vivre sur une seule ferme. Étant le seul célibataire, les autres en bas âge, c'est donc moi qui tourne les talons à la belle saison. Notre domaine n'est pas grand comme le vôtre, loin s'en faut.

– Qui te dit que mon domaine est si grand que ça ? Te fie pas à ce que racontent les gens, la jalousie souvent déforme la vérité.

– Ce n'est pas la jalousie qui faisait parler celui qui m'a renseigné.

– Qui ?

– Joseph... Que j'ai connu au front.

Jean Lorlanges s'interrompit. A l'évocation de son fils, Toutin, sujet soudain à une terrible détresse, ne parvenait pas à dissimuler son trouble. De quel droit ce gamin venait-il raviver sa souffrance ?

– C'est lui qui t'envoie ? lâcha-t-il dans un souffle.

Jean Lorlanges hocha la tête.

– Nous avons fait connaissance dans une des colonnes qui montait prendre son poste dans les bois de Vincheville. Le hasard a voulu que nous marchions l'un à côté de l'autre. D'Auvergne tous deux, forcément on est vite devenus inséparables. Plus tard, il m'a fait promettre de vous rendre visite, si jamais... Bien sûr, j'ai promis. Et il a fait de même pour moi. Le soir, dans nos cagnas, nous parlions de chez nous. Lui me racontait ses projets, comment il voyait le domaine prospérer, ainsi de suite... Moi, je...

– Comment est-ce arrivé ?

– Lorsque les obus se sont mis à pleuvoir, le 2 novembre, notre régiment, le 56e d'infanterie, se trouvait en première ligne. Joseph et moi étions de corvée de bois, un peu en arrière. Finalement, c'est là où il en est tombé le plus. Quand les éclats ont giclé, on a été fauchés ensemble. Joseph a été touché à la tête, moi aux jambes. Partout c'était la débandade, ça éclatait, ça gueulait, ça détalait dans tous les sens. Les sous-off avaient du mal à rameuter leur monde sous cette averse de malheur. En face, ils tentaient le tout pour le tout. Le front craquait de haut en bas. Des Flandres aux Ardennes, de l'Artois à la Somme. Dans un bordel pareil, les secours ont eu de la peine à passer... Nous étions allongés, moitié dans la flotte... J'ai eu plus de chance, voilà tout. Joseph, avant de... de...

– De mourir ! acheva Toutin d'une voix blanche.

– Oui, il m'a encore fait promettre de vous visiter. Faites excuse, mais m'en sentir capable m'a pris plus de temps que je croyais.

Son récit s'arrêta là.

Les deux hommes se firent face, silencieusement, par-dessus les flammes. Toutin songea que la venue de Jean Lorlanges, à bien y penser, n'allégeait nullement sa douleur. Il avait cru un instant – le fol espoir –, prenant connaissance de la réalité, pouvoir surmonter, puis dépasser, l'insupportable vérité. Mais à la fin, se disait-il, tête ou jambes, touché ici ou là, le résultat est le même. Joseph est mort et rien d'autre.

C'est lui, Toutin, le premier qui parla.

– Je te remercie d'être venu. Un peu plus tôt, un peu plus tard ne change rien.

Jean Lorlanges se leva pour chercher sa musette.

– Il y a autre chose.

Fouillant son bagage, il en sortit une enveloppe qu'il tendit à Toutin.

– Il me l'a remise avant d'être emmené par les brancardiers. C'est un bout de lettre, elle est inachevée... On écrivait tous un peu de courrier, chaque soir, avant le sommeil.

Toutin décacheta l'enveloppe et en retira une carte postale réglementaire réservée au courrier des soldats. A la lueur de l'âtre, il lut pour lui les quelques lignes.

> *Chers parents,*
>
> *Nous voilà rendus dans de nouveaux quartiers. Mais, pour des raisons de sécurité militaire, nous ne sommes pas autorisés à dire où. Ce soir, le froid pique et, en plus de la pluie, la gadoue nous remonte jusqu'aux chevilles. La nuit, il est pénible de dormir dans cette humidité. J'ai fait connaissance avec un de Mareuge, Jean Lorlanges, un bon ami avec lequel on parle du pays. Il est d'une famille qui vit bien difficilement. Si, après que tout sera fini, il venait à manquer par chez lui, nous pourrions, avec votre accord, lui faire une petite place. Chez nous, l'ouvrage ne manque point pour un comme lui qui a de bons bras et qui est pas fainéant.*

– C'est tout mon Joseph, ça ! dit Toutin, brandissant la carte, de penser aux autres dans le besoin...

Mais son enthousiasme fut de courte durée.

– Ouais... Mes gars auraient fait de sacrés bonhommes.

Lorlanges retourna encore sa besace pour cette fois remettre à Toutin un paquet à demi sphérique emballé de plusieurs feuilles de journal. Le papier retiré, Toutin découvrit un casque de soldat troué au-dessus de la tempe gauche.

– C'était le sien, dit tout bas Jean Lorlanges, j'ai pensé que...

Toutin hocha la tête, prit le casque et, du bout du doigt, effleura légèrement la lourde tôle déchirée. Après ça, il le renversa et sa main appliquée sous la demi-sphère, comme pour maintenir la tête de son fils, l'appuya contre sa poitrine.

Silence.

Il y avait trop longtemps qu'il se retenait. Toutin pleura sans un tressaillement du visage.

– Y a pas de mal à pleurer, bredouilla le jeune homme, gêné. Sûr, y a pas de mal.

Les larmes essuyées d'un revers de main, Toutin quitta le cantou. Le casque posé sur la table, il se rendit à l'étable et en revint avec une paillasse qu'il déroula aux pieds de l'âtre.

– Passe ta nuit là-dessus, tu y seras bien. Autrefois nos valets s'en contentaient. Ne laisse pas crever le feu, je vais te donner des couvertures.

4

Patience se leva de très bonne heure. Ses longs cheveux épinglés sur sa nuque, elle noua un tablier à sa taille et descendit ouvrir à Mariole. Le chien s'élança. L'épaisseur de neige l'obligea à bondir. Aux abords de l'entrée, comme elle l'eût fait à Basson-Seul, Patience pelleta la neige sur les côtés et versa la cendre de la cuisinière sur le pas de porte, puis alluma le feu. Sur une feuille de journal plongée dans le foyer, elle ajouta du petit bois et craqua une allumette. C'est après qu'elle disposa sur les flammes des touffes de tourbe. Une épaisse fumée jaunâtre et grise s'éleva aussitôt, qu'elle étouffa en replaçant sur le fourneau les différents cercles jusqu'au rond central. Le feu était parti ; dans une demi-heure, la pièce jouirait d'une bonne température.

L'arrivée de Minette, les yeux encore bouffis de sommeil, obligea Patience à préparer le café. Les deux femmes déjeunèrent ensemble, l'une assise, l'autre debout, les fesses au chaud, appuyée contre la barre de la cuisinière.

– Tu sais, fille, ne te crois pas obligée de faire tout ça ! Tu n'es la servante de personne ici, tu le sais ?

– Bah, le chien est un lève-tôt, tu voudrais pas que je remonte me coucher ! Et puis, ça me plaît de tremper mon pain en ta compagnie.

Elles vaquèrent à la vaisselle, au rangement. Minette mit un fond de soupe à réchauffer sur un coin du fourneau.

– Tu n'aurais pas vu passer le Toine ?

– Non, mais je l'ai entendu donner de la voix, tout à l'heure, à l'étable. Tes fils sont sûrement près de lui.

Le temps fila. Mariole gratta à la porte, de retour de sa balade matinale. Sa soupe avalée, il s'allongea aux pieds du fourneau pour y somnoler. Antoine arriva suivi de ses deux fils, et tous trois se bousculèrent en riant, pressés de se réchauffer les mains.

– La soupe est prête ? demanda le père.

– Bonjour, d'abord ! répliqua Minette d'un ton bourru.

– Oh ! pardon. Bonjour, mesdames. Alors, cette soupe ?

– Si on te le demande, tu diras que tu n'en sais rien, répondit Minette en déposant la soupière sur la table. L'as-tu souvent attendue ?

Les trois hommes s'installèrent devant des assiettées fumantes. De larges tranches de pain épaississaient le bouillon.

– Putain, ça gèle, ce matin, reprit Antoine. M'étonnerait que Toutin démarre par un temps pareil !

– Qu'est-ce que t'en sais, Nostradamus ? T'es pas dans ses sabots !

Les deux garçons éclatèrent de rire.

– Mais c'est vrai, tu sais toujours tout, toi...

– Bah, c'était pour dire.

A la soupe succédèrent les fromages. Le café indiqua la fin du repas. Antoine essuya la lame de son couteau sur sa cuisse et le fourra au fond de sa poche, signifiant à ses fils qu'il était temps de se lever de table.

– Allons !

– Que faites-vous ?

– Une porte de l'étable laisse passer la neige, à trois on aura tôt fait de la réparer.

– N'oubliez pas le bois pour le four, demain on cuit le pain !

– T'auras ton bois.

Les hommes quittèrent la maison.

Comme toujours en saison d'hiver, le ciel menaçait d'engloutir les habitations. Les manches de fumée au sortir des cheminées, giflées par le vent, s'en allaient ramper sur les lauzes, de sorte que l'on pouvait imaginer la fumée s'échapper par-dessous les toitures.

La cuisine des Bogelot, que baignait un clair-obscur, s'endormait dans une douce chaleur. Le vieux bois lustré de l'armoire et de la maie reflétait la danse des flammes d'un feu que les femmes avaient allumé en milieu d'après-midi. Le jour s'étirait ; sous l'appentis, Antoine fendait le bois, ses fils rajoutaient le foin dans les crèches et rafraîchissaient les litières. Bientôt l'heure de la traite sonnerait la fin de la journée de travail.

Le brouillard ne se dissipait pas.

Près du feu, Minette et Patience travaillaient côte à côte à des petits travaux de main. Le milieu du jour se prêtait au tricot, à la reprise des draps, des chemises, aux confidences. Des instants de tranquillité que les deux femmes appréciaient. L'intérieur confortable ne présentait aucun luxe – murs de pierre, planchers et plafonds en bois –, hormis la grande pendule à balancier. Tout indiquait, jusque dans l'accomplissement des gestes, un quotidien laborieux. Pourtant régnait une sensation de bonheur que les murs restituaient, témoins de la vie d'une famille qu'aucun drame particulier n'avait désunie. Et qu'importe si Fernand, l'aîné, parti vivre à la ville, ne revenait que rarement, si Mauricette s'en était allée elle aussi. Ils étaient le véritable ciment de ces murs.

– J'espère que la Mauricette n'aura pas la bonne idée de nous pondre son marmot par ce temps ! s'inquiéta soudain Minette. Savoir si son magasinier sera assez déluré pour courir à temps chez la sage-femme ?

– Tu sais, en ville, les rues sont sûrement dégagées. Et puis qui te dit qu'il a neigé là-bas comme par chez nous ?

– Tout de même...

– Quoi qu'il en soit, si le drôle décide de passer au jour, il ne va pas s'occuper du temps qu'il fait. Ne t'inquiète donc pas, le garçon a bien une famille qui prendra soin d'elle. Au printemps, tu verras débarquer ta Mauricette avec son petiot dans les bras.

– Tu as raison, allez ! Je vais pas me rendre malade maintenant, alors que cette petite garce a été grosse avant le mariage. Une honte ! Quand j'y pense...

– Dis, elle a pas été la seule à...

– Oh ! je sais bien. Le magasinier doit être de ces gars qui ont la poudre près du canon, pour engrosser du premier coup !

– Te ronge pas les sangs, va, les mariages obligés, bien souvent, sont les plus réussis. Si le gaillard n'avait pas été convenable, crois-tu que ta petite l'aurait suivi ?

– C'est ce que je me dis, mais ça ne me console qu'à moitié, parce que, figure-toi, ni l'un ni l'autre ne parle de mariage.

Minette repoussa de côté le drap qu'elle ravaudait et se leva.

– Veux-tu un peu de café, fille ?

– On boit le café ? Comme chez les grandes dames ?

– Avec les guenilles de midi !

– Il en reste seulement ?

– Pardi, j'en ai mis une dizaine à gauche, pour le moment du café, justement. Ah ! fille, fille, je pleurerai à ton départ. Cette compagnie, cette amitié que tu me donnes, je m'y fais, je m'y fais, et quand tu partiras... Tiens, j'en serais presque à souhaiter que ton Toutin attende le dégel pour te venir chercher !

– Porte pas peine, avec de tels chemins il n'est point là encore.

Minette le croyait aussi, mais ne fit rien savoir de son sentiment, sachant que son amie résistait à une profonde tristesse dissimulée sous les traits d'un visage souriant.

– Après le café, je commencerai à pétrir.

– Et moi à préparer le souper.

Une neige fine s'était mise à tomber.

Courbée au-dessus de la maie, Minette pétrissait. Des cascades de pâte chutant de ses bras s'écrasaient mollement au fond du meuble.

Quatre pannetons d'osier accueillirent chacun une boule de pâte de cinq kilos qu'elle recouvrit d'un linge de chanvre. La pâte lèverait jusqu'au matin. Assis dans la chaleur de l'âtre, les hommes, demeurés silencieux – le vacillement des flammes déformait le masque impassible de leurs visages –, s'étaient imprégnés des gestes rituels de la mère. Tandis qu'elle peinait à retourner plus de vingt kilos de pâte ferme avec l'eau, mais aussi le seigle que l'homme semait dans les profondeurs de la terre, la femme faisait le pain. Demain, façonné par ses mains, la matière sortirait vivante du four et elle aurait de quoi nourrir sa maisonnée pendant des semaines.

Le lendemain, en milieu de matinée, les fils Bogelot tassèrent le bois dans la gueule du four. Une bonne heure serait nécessaire pour atteindre puis maintenir une température convenable avant de pouvoir enfourner. Préposés à l'entretien du feu, François et Paul ne quitteraient leur poste que lorsque la dernière tourte cuite serait sortie.

Le brouillard, tenace toute la nuit, perdit un peu de son opacité, qui n'empêchait pas un froid vif de sévir. Rapidement tiédis, les murs extérieurs du four diffusèrent une bonne chaleur que chacun vint chercher en appliquant ses mains sur les pierres.

Enfin on put enfourner. Antoine entreprit la manœuvre. La braise ramenée sur le devant de la sole, il fraya avec sa longue pelle un chemin dans un fatras incandescent et glissa les quatre boules de pâte.

D'autres familles cuisaient le pain chez les Bogelot. Une coutume. Ne possédant pas de four, celui construit par la commune étant trop éloigné, trop encombré, des femmes, souvent flanquées d'une nombreuse marmaille, venaient avec cinq ou six pannetons véhiculés sur une brouette. Elles payaient plus tard ce service en envoyant leurs hommes rendre une quantité de bois aux Bogelot. A la belle saison, la cuisson du pain prenait rapidement des allures de fête. Ces mêmes femmes arrivaient volontiers avec une bonne avance et, en attendant leur tour, les commérages allaient bon train. Le four à pain, le lavoir, la fontaine demeuraient pour elles – rares étaient les occasions de se distraire – des lieux privilégiés de rencontre. Loin des hommes, les amies s'échangeaient leurs secrets.

– Té ! la Nisou ! la Yolande !...

– Adieu, Toinou !

La Denise Pénaque arrivait, suivie de la Yolande Bergot. Deux mères de famille nombreuse accompagnées de marmots braillards, noirauds, décoiffés, les joues en feu. Rapidement investie par la marmaille, la cour des Bogelot se transforma en champ de bataille. Les boules de neige lancées à l'aveuglette volèrent au-dessus des têtes jusqu'au moment où, faisant les frais d'une maladresse, Yolande Bergot en prit une en pleine face. Sous les rires, la brave femme, suffoquée, lâcha son panneton et, plutôt que de se voir le sifflet coupé, vexée, se mit à injurier sa progéniture, responsable de son ridicule. Le coupable attrapé, Yolande distribua deux ou trois taloches, de même aux alentours sur des têtes hilares.

– Vous vous croyez à Gravelotte ? M'en vais vous calmer, saloupiauds !

Ce jour-là, chez les Bogelot, en plus des deux femmes et de leurs marmots, débarqua sur le coup de midi le père Rollant, vieux bonhomme de Compains. Celui-ci ne venait pas cuire sa pâte.

– Mais, c'est le Trotte-Menu ! s'étonna Antoine.

Ce surnom, le père Rollant le devait à sa principale activité : trotter par monts et par vaux du 1er janvier au 31 décembre, par n'importe quel temps. Petit, mince, noueux, infatigable marcheur, ce roulier à la retraite ne pouvait se passer des grands espaces. Il ne craignait pas, appuyé sur son bâton, d'aller sur les routes porter un message d'un village à l'autre. Le plus souvent, le père Rollant s'acquittait oralement de sa mission, tout heureux d'être ensuite invité à partager le repas.

– Bonjour la compagnie ! s'écria le vieux, soulagé de toucher au but. Le pain est fait ?

– Fini pour aujourd'hui, répondit Antoine. Comment va, père Rollant ? Vous êtes bien vaillant, les chemins sont pourtant pas fameux !

– Certes non ! Sans ce froid, on enfoncerait jusqu'aux genoux.

Minette fit deux pas en avant pour se détacher du groupe et entraîner le vieil homme à la cuisine.

– Venez-donc vous retaper avec un canon de vin chaud !

– C'est pas de refus, ma jolie, mais avant, laisse-moi déballer ce que j'ai à dire.

Tourné vers Patience, il ajouta :

– C'est pour toi que je suis là.

Patience fit un bond dans sa direction.

– Pour moi ! Rien de grave, au moins ?

Tous étaient suspendus aux lèvres du vieux.

– Ma foi, à toi d'en juger. Hier, ton homme est venu chez moi, oh ! il n'a fait qu'entrer et sortir, tu le connais mieux que moi, il est pas du genre à...

– Bon Dieu ! vous nous faites languir par plaisir, père Rollant, intervint Antoine. Qu'est-ce qu'il a dit, Toutin ?

– Une seconde, crénom ! Vous, les jeunes, vous êtes plus pressés qu'un lavement. Vous ne me laissez seulement pas le temps de reprendre mon souffle... Bon, le Toutin m'a dit comme ça : « Va trouver ma femme chez les Bogelot... »

– Ah ! s'exclama Antoine, le salaud, il a deviné où vous étiez...

– Faudrait savoir ! gueula Trotte-Menu, vous voulez que je parle ou que je me taise ? ... Je disais : le Toutin m'a dit : « Va trouver ma femme chez les Bogelot et dis-lui de rentrer à Basson-Seul, y a du nouveau. » Il a dit encore : « Avec ou sans la vache, pour le moment ça n'a pas d'importance. » C'est tout.

– Voyons, père Rollant, vous êtes sûr qu'il n'a pas donné quelque détail ?

– Ah ! si tu prétends que j'ai le caberlot troué et que j'oublie la moitié de mes commissions en route, alors là, fille, tu vas me mettre colère pour de bon !

– Non, non, excusez-moi, père Rollant, mais je me demande bien ce qu'il peut y avoir de « nouveau » chez nous !

– Pour le savoir, le mieux est que tu t'y rendes !

Minette intervint à son tour.

– Vous allez rester manger avec nous, père Rollant, après ça Patience descendra avec vous à Compains. Mais, pour rejoindre Basson-Seul...

– Bah ! je me débrouillerai. J'ai bien fait l'aller...

– Il y avait moins de neige !

– Il faut que je rentre, Toutin a pris la peine de se déplacer chez le père Rollant et ce n'est sûrement pas pour rien.

– C'est aussi mon avis, dit Trotte-Menu.

– Toi, vieille ruine, on t'a pas sonné, grommela Minette entre ses dents.

– Si vous permettez, reprit le vieux, une fois à Compains, le Marcel Janton, mon successeur, pourrait atteler son traîneau, je sais le gars porter de bon service, et vous conduire à hauteur du pont des Aigues. Les derniers fardiers ont damé la route pas plus tard qu'hier, et depuis il n'a point reneigé. La moitié du chemin serait faite.

– Je ne dis pas non, à condition que Marcel veuille bien.

– Il voudra. On s'emmerde un peu en ce moment et le cheval sera content de trotter au grand air.

Yolande Bergot et Denise Pénaque rassemblèrent leur marmaille et prirent congé, brouettes et bras pleins de pains frais. François et Paul laissèrent le feu mourir. Alors que les femmes préparaient le déjeuner, les hommes installés devant l'âtre trinquèrent en buvant du vin chaud. Réconforté, Trotte-Menu commença de donner des nouvelles d'en bas.

Déjeuner leur prit une demi-heure.

Au premier étage, Patience s'affairait à ranger son baluchon lorsqu'elle fut rejointe par son amie.

– Tu n'oublies rien ?

– Il n'y aurait rien d'étonnant, tête en l'air comme je suis.

– Si je trouve quelque chose, je te le rapporterai à la foire du printemps. Pour ta vache, ne porte pas peine...

– Voyons, Minette, je n'ai pas la moindre inquiétude, je sais la Douce entre de bonnes mains.

– Alors te voilà sur le départ... Tu sais, fille, je ne pense pas que pareille occasion se représente jamais, nous deux sous le même toit prenant le café au coin du feu. Une semaine, ce n'est pas bien long, mais celle-là était belle, je ne l'oublierai pas de sitôt. C'est que, vois-tu, Mauricette me manque, avec elle j'avais une complicité, comme avec toi. Maintenant que vous ne serez plus là ni l'une ni l'autre, je vais me cogner contre ces trois brutes.

Patience s'interrompit.

– En ce qui concerne la solitude, dit-elle, je crois la connaître mieux que toi et, à tout prendre, je préférerais la tienne à la mienne. Moi, quand je me cogne, c'est contre les souvenirs, et, crois-moi, la douleur est plus vive encore que lorsque tu heurtes le coin d'un buffet.

– Ne crois pas que je me plains. Devant toi, je n'en ai pas le droit. C'était pour dire que, ces quelques jours avec toi, je donnerais cher pour qu'ils se poursuivent.

– A moi aussi, cette semaine a paru belle. Tu vois, j'aurai appris une chose parmi vous : la vie vous tient au corps plus que la souffrance.

– Tu as donc repris des forces ici !

– En quelque sorte.

– Alors, le déplacement en valait la peine... Disons-nous au revoir maintenant, nous n'aurons pas à le faire devant les hommes. Tu les entends ? (Des rires montaient de la cuisine.) Eux, c'est contre les verres de marc qu'ils se cognent.

Emmitouflée jusqu'au nez, Patience remercia une ultime fois. Une ultime fois embrassa chacun des Bogelot et se chargea de son maigre baluchon. Après quelques pas, elle se retourna ; ils étaient encore là, tous les quatre, figés sur le seuil de la porte à la suivre des yeux. Trotte-Menu ouvrait la route. Obligée de lever haut les genoux, Patience s'ingéniait à placer ses pieds dans les traces du roulier.

Aucun vent ni brouillard ne vint perturber la descente sur Compains. « Dans deux heures nous y serons ! », songea Patience. Trop de neige ne leur permit pas d'emprunter les raccourcis. Ils durent suivre la route du col, se repérant aux piquets plantés tous les vingt mètres sur les bas-côtés.

Mariole allait devant.

Compains.

Un peu plus de deux heures leur avait été nécessaire pour rejoindre le bourg. Des parcelles de lauzes bleutées émergeaient sous la neige. Des cheminées, de longues manches de fumée s'effilochaient dans le ciel gris. Patience releva les yeux. Des aboiements troublaient le pesant silence. Parvenu au centre du bourg, Mariole alertait ses congénères confinés aux étables.

– Tu es une bonne marcheuse, Patience Toutin, déclara le père Rollant, planté au carrefour. Seul, c'est à peine si j'aurais gagné dix minutes.

– J'en ai plein les pattes.

– Allons directement chez les Janton, tu te reposeras pendant qu'il attellera le cheval.

Il faisait bon chez le roulier. Méline Janton offrit un bol de soupe aux deux voyageurs transis. Ils burent à petites gorgées, les mains plaquées aux parois brûlantes du récipient, les pieds calés sur la marche de l'âtre.

– Faut être un peu talalaud, non, pour courir les chemins des jours comme aujourd'hui ! se permit la Janton.

– Parfois, il n'y a guère le choix, ma bonne Méline, répondit le vieil homme.

Son bol terminé, il essuya sa moustache d'un revers de manche et, en deux mots, expliqua la présence inopinée de Patience.

Marcel questionna :

– Vous êtes sûr que ce n'est pas une nouvelle foucade de Toutin ?

– Je ne pense pas, dit Patience calmement. Il ne me ferait pas cavaler dans cette neige pour rien. De toute façon, me voici rendue ici, maintenant, alors autant finir d'arriver à Basson-Seul.

Marcel poursuivit son idée :

– Il a tellement changé qu'il en est bien capable.

– C'est égal, intervint Méline, Marcel va atteler Gaillard et vous conduire au pont des Aigues, la route le permet. Mais, après, il ne faudra point traîner, vous n'aurez qu'une grosse heure pour arriver chez vous avant la nuit.

– Mon intention n'est pas de m'amuser en chemin, croyez-moi.

– Dans ce cas, baye pas aux corneilles, Marcel ; va atteler !

– Merci pour ce que vous faites, les uns et les autres.

– Dites, si on ne s'aidait pas entre connaissances ! »

Gaillard, trop heureux de quitter l'attache, trotta dès qu'il fut placé en droite ligne. Ses muscles roulaient à fleur de peau. Au sortir du repos, le cheval prenait plaisir à l'exercice. C'est à peine s'il se souciait de tirer le traîneau dans lequel Patience, Marcel et Mariole avaient pris place.

Il leur fallut une demi-heure pour atteindre le pont des Aigues. Marcel manœuvra. Le cheval placé pour le retour, il étala un plaid sur sa croupe fumante. Patience ne s'éternisa pas. Elle remercia son cocher, flatta Gaillard à l'encolure et s'enfonça sans attendre. Déjà la lumière déclinait.

– Courage, ne pliez pas ! cria Marcel lorsqu'elle eut fait une vingtaine de mètres.

Sans se retourner, Patience fit un signe de la main et un pas de plus. Devant elle, Mariole – il bondissait comme si un feu souterrain lui brûlait les pattes – s'arrachait aux pièges que tendait l'épaisseur de neige.

Patience ne plia pas. En nage sous ses épaisseurs de laine, elle haletait, à bout de souffle. Trois quarts d'heure qu'elle bataillait pas à pas, déséquilibrée, avec parfois de la neige à mi-cuisse, tombant à genoux, surprise par les inégalités d'un terrain accidenté.

Mariole progressait dans la bonne direction. Patience – elle ne le quittait pas des yeux – le suivait, sachant l'instinct du chien plus aiguisé que son propre sens de l'orientation. Soudain, il arrêta sa course. Patience détacha son regard en avant du chien. A cent pas de là, un homme se tenait immobile sur le chemin. Mariole montra les dents et donna de la voix. Patience se figea à son tour, dans la crainte d'une mauvaise rencontre. L'homme, dont elle ne distinguait pas les traits, fit quelques pas au-devant d'elle et agita une main au-dessus de sa tête. Un geste qui invitait Patience à reprendre sa marche. Mariole voulut s'élancer, mais elle le rappela, voulant le garder à ses côtés. Elle savait, si besoin était, le chien capable de la défendre. A cette manœuvre, l'homme comprit son inquiétude. Il fit sauter son bonnet et abaissa son col, découvrant son visage, bien qu'il fût certain qu'elle ne le connaissait pas. Les mains en porte-voix, il cria :

– Ne craignez rien, je suis envoyé par votre mari !

A demi rassurée, Patience avança. Lorsqu'elle l'eut

rejoint, elle fut soulagée de découvrir un jeune visage sur lequel ne courait aucune malice.

Il ajouta :

– Faites excuse, je devais vous trouver au pont des Aigues, mais, malgré les explications, avec cette neige qui engloutit tout et le manque de piquets que le vent a foutus en l'air, je me suis perdu plus d'une fois. Cela explique mon retard.

– Pourquoi mon mari n'est-il pas venu à votre place ?

– Il est un peu patraque depuis ce matin. Rien de grave, il a pris froid hier en faisant l'aller-retour à Compains. C'est moi qui me suis proposé...

– Que faites-vous chez nous ? En cette saison, on n'a guère besoin de journalier !

– Mieux vaut me confier votre baluchon et rentrer. Franchement, je crois que votre mari préférerait vous raconter l'histoire lui-même.

Patience crut déceler une certaine franchise dans l'attitude du jeune homme. Et puis, à l'en croire, Toutin, sur le flanc, attendait des soins. Le moment n'était pas aux tergiversations. Elle lui remit son baluchon.

– En route, dit-elle. Allez devant et suivez le chien, lui ne se perdra pas.

Le hameau des Bassons était en vue.

Des halos vacillants découpaient quelques fenêtres en retrait des murs. Patience fixa les points lumineux et se sentit rassurée. La maison la plus proche, celle des Delarbre, bientôt à portée de voix, campait à deux cents mètres à peine derrière une rangée de frênes squelettiques. Si l'homme avait menti et dévoilait maintenant ses mauvaises intentions, elle saurait appeler la Ginou et le Jacques, et se faire entendre.

Comme à Compains, en l'absence de vent, les cheminées crachaient d'interminables fumées verticales.

Patience calcula qu'ils arriveraient à Basson-Seul à nuit noire.

La route ne présentait plus autant de pièges, ils purent accélérer l'allure. Les Bassons dépassés, parcourir ce qu'il restait de chemin ne leur demanda pas grand effort.

Patience vit sa maison. Elle devina l'âtre flamber. Autour, tout n'était que silence et obscurité.

Assis près du feu, couvert jusqu'aux oreilles, Toutin tisonnait.

Patience poussa la porte, il leva les yeux.

– Te voilà !

– Tu vois !

Le premier geste de Patience, allégée de son manteau, fut d'appliquer sa main sur le front de Toutin.

– Ce n'est rien, bougonna-t-il.

– Peut-être, mais tu as assez de fièvre pour rester au lit.

– Nous allons manger la soupe, ça vaudra mieux, et quand l'heure sera venue nous passerons au lit. »

Mariole vint renifler les mains de son maître et poser une patte sur ses genoux. Toutin caressa le chien.

– Tu es là, toi aussi ! Ta gamelle est à sa place.

Puis, tourné vers Jean Lorlanges :

– Merci, garçon.

Patience ne posa aucune question sur les raisons de son retour précipité. Elle se contenta de raconter sa descente sur Compains en compagnie de Trotte-Menu, son voyage dans le traîneau de Marcel Janton jusqu'au pont, sa rencontre avec le jeune homme qu'elle avait pris pour un chemineau capable de s'en prendre à une femme seule.

Toutin resta muet.

C'est seulement au cours de l'après-dîner qu'il expliqua la visite de Lorlanges à Basson-Seul et remit à Patience la lettre inachevée de Joseph. Patience lut la lettre. Tout d'abord, elle ne reconnut pas l'écriture hésitante de son cadet, mais très vite elle songea qu'elle n'avait eu que peu d'occasions de le lire. Elle la confondait sans doute avec la calligraphie plus scolaire de Jean-Marie. Et puis, les mots, les derniers de Joseph, occupèrent toutes ses pensées. C'est alors qu'elle comprit la présence sur la table de ce casque de soldat qu'elle s'était gardé d'évoquer. Elle se leva et, ainsi que Toutin l'avait fait une semaine auparavant, s'en saisit pour l'appuyer contre elle et le caressa comme si ce bout de tôle était la tête de son fils. De retour auprès du feu, elle sourit à Lorlanges qu'elle adoptait désormais.

– Êtes-vous restés longtemps ensemble ?

– Une quinzaine, tout au plus.

– Mon père était de Mareuge, tout comme vous. Joseph aura oublié de vous le dire. Il est mort, ma mère également, mes garçons étaient encore petits. Peut-être que vos parents ont connu les miens, les Guinioux. Ce nom n'évoque rien chez vous ?

– En effet, ce nom... Vous savez, notre maison est comme la vôtre, loin de tout, et les gens, les noms...

– Ils sont enterrés là-bas. Il y a longtemps que je ne suis pas allée sur leur tombe.

Patience se tut. Puis elle ajouta :

– Mareuge n'est pourtant qu'un tout petit pays ! Joseph vous parlait-il souvent de nous ?

– Nous parlions tous de nos familles...

– Ne le tracasse pas avec tes questions, il m'a déjà tout raconté et je n'ai rien appris de particulier.

Une fois encore chacun se tut.

Toutin toussait de temps en temps. Une toux sèche qui ne l'empêchait pas de tirer sur sa pipe. Patience nota que son visage semblait avoir abandonné toute expression de mal-être. Jean Lorlanges, au contraire, le nez dans les tisons, présentait le profil de quelqu'un abandonné par la joie. « Les souvenirs de guerre sont des choses qu'il ne faut pas remuer trop souvent », pensa-t-elle. Puis elle retira un peu d'eau dans le chaudron qu'elle parfuma de quelques feuilles de mûrier, essuya le cul du bol, y dilua deux cuillerées de miel et le tendit à Toutin.

– En voulez-vous ?

Jean Lorlanges releva les yeux et fit non de la tête.

– J'ai rouvert la plus petite des deux chambres, le garçon y est plus à l'aise pour dormir, dit Toutin entre deux gorgées.

– Plus à l'aise, peut-être, mais plus au froid, depuis le temps qu'elles sont fermées.

– Il fait comme faisaient Jean-Marie et Joseph, il passe la bassinoire avant de se coucher.

– N'ayez crainte, répliqua Jean Lorlanges, je ne veux pas déranger de trop, aussi j'ai décidé de partir demain, dès le jour.

– Personne ne te chasse, garçon. Qu'est-ce qui te presse ?

– Rien, mais maintenant je me sens d'attaque pour le retour et puis il faut que je trouve du travail.

Toutin tira une dernière fois sur sa pipe avant d'en curer le foyer. Chacun compris qu'il était suffisamment tard pour aller dormir.

« Dès le jour », avait-il dit. Le jour était là et Jean Lorlanges, sa besace en bandoulière, se tenait sur le départ.

– Feras-tu halte chez Coumelière, ce soir ? demanda Toutin.

– Sans doute, si j'arrive là-bas avant la nuit.

– Où peut-on t'écrire, si on veut te joindre ?

– Le plus simple serait chez moi, mais... Je n'y resterai pas longtemps. Et une fois parti, je n'y remettrai pas les pieds de sitôt. Je vais descendre sur Issoire et tâcher d'embaucher chez Mérand, le transporteur.

A la belle saison, je verrai si Coumelière a du travail pour moi, comme prévu.

– Prends cette lettre, et donne-la à Coumelière de ma part, veux-tu ?

– Comptez sur moi.

– Le temps a l'air de se maintenir, ne t'égare pas en route et tu seras rendu à Besse largement avant la nuit.

Jean Lorlanges échangea un dernier geste avec Toutin et Patience, restés au seuil de la maison, puis disparut au-delà du premier coude que faisait la route.

– Que lui veux-tu à Coumelière ?

– Qu'il me rende un petit service.

5

L'hiver défila, âpre, froid, neigeux.

Des jours sans fin succédèrent à d'autres jours sans fin. Toutin, s'il dépassait les limites de ses terres, ne manifestait plus la moindre envie de se perdre dans la tourmente. Il se contentait de fixer pendant de longs moments des pans entiers de montagne pris dans le brouillard, comme si, par l'imagination, il avait dû franchir les grandes coulées creusées par le frottement des couzes millénaires. Mais aussi Toutin s'occupait – fait extraordinaire. Patience devait le rappeler à l'ordre, venir le chercher, lui dire de lâcher ses outils et de gagner la table. Il avait même retrouvé l'usage de la parole. Chaque jour le voyait plus bavard que la veille. « Ainsi qu'il était avant... », se disait Patience. Semblable à la saison, Toutin donnait l'impression de se diriger peu à peu vers son printemps.

Patience ne parlait plus de partir. L'histoire ne pouvait se répéter. Un second départ l'eût plus ridiculisée que grandie. D'ailleurs, occuper sa maison ne lui pesait nullement désormais. Au comble de la joie, elle sentait sa destinée emprunter une voie différente.

Le navire qu'était Basson-Seul, balloté dans les grands vents des montagnes, dressait toujours sa forte architecture. Pour la première fois depuis lontemps,

Toutin contempla ses pignons en parfait état et regretta qu'ils fussent debout en pure perte. Sans qu'il eût à se l'avouer, il admit la nécessité d'un nouveau départ. L'âme de ses ancêtres en ces murs, les traces indélébiles de ses fils dont, hier encore, il nourrissait son malheur, semblaient aujourd'hui l'obliger à chercher sa part de bonheur. De nouvelles sensations qu'il assimilait au bref passage de ce garçon venu de Mareuge.

Qui donc était Jean Lorlanges, pour avoir ainsi secoué le cœur de Toutin ? Était-ce parce qu'il avait connu Joseph et recueilli ses dernières paroles ? D'ailleurs, Joseph ne l'avait-il pas recommandé à ses parents, si la nécessité s'en faisait sentir ? Et Toutin ne se devait-il pas, tout simplement, d'exaucer les dernières volontés de ce fils aimé ?

Malgré des chemins en mauvais état, et une connaissance approximative du pays, Jean Lorlanges ne s'était pas égaré. Il faisait nuit lorsqu'il rallia Besse et frappa à la porte de Coumelière. Le gros homme lui offrit le gîte et le couvert, comme à l'aller, en échange de quelques pièces de monnaie. Ayant remis la lettre de Toutin en mains propres, sitôt après s'être restauré, Jean, épuisé, avait rejoint le lit. Au matin, il avait confié à son hôte ses intentions de descendre à Issoire et de n'en revenir qu'aux beaux jours travailler à la fromagerie. Mais Coumelière, embarrassé, lui avait annoncé qu'il ne devait pas compter trouver du travail ici. Contrairement à ce qu'il souhaitait, expliqua-t-il, cette année il ne pouvait espérer accroître son personnel. Déçu, Jean Lorlanges reprit sa route et atteignit Issoire en deux étapes. Là, chez Mérand-frères, transporteurs, il fut employé comme débardeur.

La vie citadine ne présentait pas grand intérêt à ses yeux. Le manque d'espace, l'encombrement de la chaussée, le bruit des voitures pétaradantes, l'humidité des ruelles, le masque d'un dieu des villes ourlé d'or dans l'ombre de Saint-Austremoine, les courants d'air nauséeux et le trop-plein de monde agitant le cœur de la petite cité, lui faisaient regretter chaque jour davantage sa liberté d'homme des montagnes. Les soirées passées dans l'atmosphère confinée des cabarets lui permirent de lier quelques amitiés, comme avec ce Paulin Aljabert, rencontré derrière un verre de vin un soir où deux filles dansaient sur la scène de l'Eldorado, un établissement où apparaissaient des femmes éclatantes accrochées aux bras de messieurs en complet-veston et lavallière. Une clientèle de jeunes gars se tenait en avant du comptoir, avachis sur des tables, dernier refuge des hommes seuls. Des garçons de son âge qu'il connut, le temps d'échanger des propos rapidement évanouis dans la nuit.

Revenus éclopés de la guerre, ils s'enivraient au-delà de leur désespérance. Amputés d'un pied, d'une main, d'un bras, ils subsistaient à l'écart. Gagnés à l'ivresse, ils en venaient à s'empoigner comme pour se donner quelque preuve de leur jeunesse perdue.

Paulin Aljabert ne pleurait pas le temps de sa vaillance passée. Il ne se battait pas. Il avait aimé la vie et l'aimait encore malgré ses blessures. Il s'était pris d'amitié pour Jean Lorlanges, homme discret qui, pas plus que lui, n'avait de détresse à noyer dans l'alcool et n'éprouvait aucun besoin d'étaler sa force.

– Depuis qu'il me manque un bout de jambe, disait Paulin en riant, je ne peux plus me permettre le moindre faux pas !

– Éclats d'obus ?

– Non, éboulement. J'étais asthmatique, on n'a pas voulu de moi à la guerre.

– Réformé ?

– Oui, et toujours asthmatique.
– Alors, ta blessure ?
– A la guerre, mais une guerre faite à ma façon.
– Il n'y a pas trente-six façons de la faire !
– Que tu crois ! Je suis natif de Sainte-Anastasie. Tu connais ?
– Non.
– J'ai grandi là-bas, mon père est instituteur et ma mère dentellière à la tâche. J'ai appris à lire dans un atlas de géographie. Et à force de voir les cartes des cinq continents, l'envie de connaître le monde m'est venue. Je voulais être explorateur-minéralogiste, étudier la formation de chaque grain de sable. J'avais commencé des études à Clermont, lorsque cette fichue guerre nous est tombée dessus. Les cours interrompus, réformé, j'ai regagné mes pénates.
– Planqué !
– Appelle ça comme tu veux...
– Je plaisantais.
– Bon. Quand, en 1917, les Ponts et Chaussées ont décidé de transformer en ballast le basalte de la carrière de Cuze, afin de participer à l'effort de guerre, je me suis pointé à l'embauche, me disant que ce serait ma manière à moi de donner un coup de pouce aux poilus. Maigre contribution, me diras-tu ! Et puis, un jour... l'éboulement. J'étais en dessous, un bloc de quarante kilos m'a mis la jambe en bouillie. Résultat : sept mois d'hôpital, amputation et appareillage. Fini les voyages. Tu me vois souffler comme un phoque, avec une patte en moins, m'escrimant à descendre les fleuves, à escalader les sommets, à explorer, ramper, traverser les déserts ?
– Tu aurais pu être instituteur, toi aussi.
– Oui, ou bien faire de la dentelle !
– Ce n'est pas ce que je voulais dire...
– Moi non plus, mais que fais-tu de la liberté ?

– De quoi vis-tu ?

– D'une maigre pension d'invalidité et de petits boulots, par-ci par-là. En ce moment, je suis facturier chez Fogeron, le métallo de la place Saint-Avit, et j'habite une chambre où je pèle de froid sous les toits. En plus, elle est bourrée de punaises. Les garces me cavalent à longueur de nuit !

– Travailler chez Fogeron n'est pas être libre !

– Non, bien sûr, mais j'ai au moins la liberté de m'en aller quand bon me semble !

– Eh bien ! moi, c'est la montagne qu'il me faut. Travailler chez les autres ne me dérange pas, pourvu que la nature soit à portée de main.

A son tour, Jean Lorlanges conta son histoire, son intention de demeurer en ville jusqu'au bout de l'hiver et de regagner les hauteurs dès l'amorce du dégel.

– Où iras-tu, puisque ton marchand de fromages ne veut pas de toi ?

– Je ne sais pas encore. Oh ! pour un journalier, ce n'est pas l'ouvrage qui manque au moment de l'estive.

– Pour moi, tu crois qu'il y aurait du travail ? Je trotte quand même, avec ma patte en bois ! Je pourrais nourrir les coches, par exemple !

– C'est plutôt le travail des femmes, mais on pourra toujours essayer.

Désireux de mettre un terme à sa solitude, Jean Lorlanges proposa à son nouvel ami de partager sa chambre. Suffisamment grande pour deux, la mansarde bénéficiait d'un poêle à bois ; Paulin pourrait dormir au chaud pour moitié moins de frais. Il accepta. Le soir, ils se faisaient cuire la soupe dans laquelle, deux jours par semaine, ils trempaient un bon bout de lard. Parfois, avec le fromage, ils buvaient un peu de vin. Le moment venu de se coucher, Paulin ouvrait un de ses livres préférés dont le titre, *Le Capital*, incrusté dans le cuir de la couverture, intriguait Jean. Lui, ne sachant s'occuper de la sorte, tournait en rond ou feuilletait les pages de gazettes datées de plusieurs semaines.

Bien souvent, gagnés par l'ennui, ils soufflaient la bougie, enfilaient leurs vestes et descendaient une heure ou deux se fondre au tapage de l'Eldorado. Là, ils se mêlaient à une foule familière. Éméchée, une partie de la clientèle reprenait en cœur les refrains des chansons populaires qu'un artiste de passage, engoncé dans un frac, s'égosillait à chanter *a capella*. Dans cette ambiance bon enfant, les deux garçons, que frôlaient des créatures parfumées, se laissaient aller à une joie communicative.

Le dimanche matin, dès sept heures, les cloches de Saint-Austremoine les tiraient invariablement d'un sommeil profond. Jean et Paulin pestaient contre les curés de battre si tôt le rappel des fidèles. Ce jour de repos tant attendu, Jean l'occupait à flâner en ville. Puis, en milieu d'après-midi, il se dirigeait vers les berges de la couze Pavin, froide et silencieuse. Il n'avait pas neigé depuis longtemps, cependant les arbres tendaient toujours d'interminables bras morts, recouverts d'une épaisse croûte blanche. Le sentier accidenté longeant la rive offrait un passage que Jean empruntait sur plusieurs kilomètres, malgré le gel persistant. Et, quand le temps le permettait, si le vent se montrait plus discret, curieux d'affronter une nature hostile, adossé au mur d'une cabane de pêcheur, dans un maigre rayon de soleil, il roulait une cigarette et fumait, rêvant à une montagne bientôt resplendissante de verdure. Jean se voyait tout un été au cul des vaches tenir tête à un troupeau de belles capricieuses, et regagner le giron familial pour dîner en compagnie de femme et enfants. Puis le froid le ramenait brusquement à la réalité. Il rentrait par des rues désertes, passait chez sa logeuse récupérer son linge propre avant de retrouver sa chambre. Paulin arrivait à son tour et chacun racontait sa journée. Aljabert – que les promenades n'inspiraient guère – ne suivait jamais son ami le dimanche. Il préférait se joindre à un groupe d'étudiants réunis au café de la Halle et échanger des idées qui, selon eux, devaient tôt ou tard déboucher sur le triomphe d'une idéologie fondée sur le partage.

Fin février, il donna à Jean une explication définitive.

– Tu sais, je ne te suivrai pas à la montagne.

– Je m'y attendais. Tu n'es pas taillé pour la vie de paysan. Que comptes-tu faire ?

– Agiter mes idées.

– Belle perspective !

– Tu ne crois pas si bien dire. Mon handicap me relègue souvent au dernier rang ; je me dois donc de mener la danse si je ne veux pas rester à la traîne. Mais pour cela, il me faut partir.

– Où ?

– A Clermont, peut-être à Paris.

– Qu'est-ce que tu feras de plus, là-bas ?

– Je veux aller au-devant d'un courant dont le souffle n'arrivera pas ici avant longtemps. Je veux rencontrer des gens qui ne veulent pas d'une petite place tout seul, mais d'une grande avec les autres. Je veux croire à la fin des injustices, à l'égalité, et tout faire pour que cette guerre soit la dernière.

– La der des ders... Ils l'ont promis.

– Oui, et bien d'autres choses, mais j'ai peur de l'amnésie des hommes et je veux être là pour leur rappeler leurs promesses.

– C'est un bel idéal.

– C'est une lutte, quotidienne, sans trêve.

Jean s'était approché de la fenêtre. Dans le lointain, la masse des montagnes disparaissait dans l'obscurité. La longue somnolence prendrait fin bientôt ; il ne savait où, mais, comme Paulin, lui aussi devrait partir prendre sa place. « Peut être sommes-nous des rêveurs de l'impossible ! », songea-t-il. Il se retourna, croisa le regard de Paulin assis sur le bord du lit ; ses yeux emplis de joie exprimaient une farouche volonté.

– Je pense que tu as trouvé ton chemin, vieux frère.

– J'en suis sûr, comme je suis sûr de me battre pour la bonne cause en m'opposant à des patrons tels que les Mérand, qui font trimer leurs employés douze heures de rang pour le prix de huit.

– C'est vrai... Quand pars-tu ?

– En fin de semaine.

– As-tu pensé à donner tes huit jours à Fogeron ?

– C'est fait.

– Je vois que tu as tout prévu... Allez, enfile ta veste et allons faire une virée à l'Eldorado. L'idéal féminin est le seul qui ne divise pas les hommes.

Paulin Aljabert partit le vendredi par le train du matin. Entouré de ses « camarades », il pérorait, déjà tout à son rôle d'agitateur. Prenant les voyageurs à témoin, il tentait de débattre de l'amélioration du temps de travail, mais il ne rencontra que des visages grincheux que le froid rétrécissait sous des cache-nez de laine. Jean l'attira à l'écart du groupe.

– Tais-toi un instant. On le sait, va, rien ne t'arrêtera.

– Tu peux en être sûr !

– Ta valise n'est pas grosse, comme si tu t'absentais un jour ou deux seulement.

– J'ai le nécessaire.

– As-tu assez d'argent ?

– Assez pour ne pas avoir à faire demi-tour.

Devant une telle détermination, Jean ne put que hocher la tête et sourire. L'un et l'autre s'étaient enlacés et s'étaient souhaité bonne chance.

– Essayons de ne pas nous perdre...

– De vue ? » ricana Jean.

Paulin posa sa main sur l'épaule de son ami.

– Jean... ne te fais aucun souci pour moi. Je pars heureux, conscient de ce qui m'attend. J'appartiens sans le savoir à l'Internationale socialiste depuis le premier jour. Je suis né comme ça, comme toi, tu es né paysan... Tes racines s'enfoncent au plus profond de cette terre, les miennes désormais envahiront le sol cimenté des usines. Je vais là où est ma place, près des hommes rompus par le pouvoir des puissants.

– Tu parles bougrement bien, « camarade », ça devrait marcher !

– Adieu, Jean-des-Montagnes... »

Puis le train s'était ébranlé dans un grand fracas. La voie décrivait une large courbe au sortir de la gare, contournait le centre ville et filait droit vers le nord. Penché par la portière, Paulin agitait encore la main lorsque le train disparut. Moins d'une minute plus tard, les coussins de fumée empilés les uns au-dessus des autres indiquaient que la machine filait à bonne vitesse. Les volutes disgracieuses s'effilochèrent peu à peu, et Jean Lorlanges eut le pressentiment qu'il ne reverrait jamais son ami Paulin Aljabert.

Ce soir-là, il n'alluma pas la bougie ; c'est à peine s'il avala un peu de soupe avant de se coucher.

6

La saison n'était pas au rendez-vous. Sous un ciel bas giflé par le vent, les arbres isolés, loin d'annoncer la renaissance, toujours marbrés de blanc, faisaient figure d'arrière-garde décimée.

Jean Lorlanges pestait contre les intempéries persistantes. Le retard de la floraison reportait son départ, et son caractère s'en ressentait. La ville, l'étroitesse des lieux, l'horizon restreint lui devenaient insupportables. L'Eldorado n'avait plus, à ses yeux, vocation de le distraire, aussi ne s'y rendait-il que très rarement. Fausses blondes, fausses brunes, manchots, unijambistes, ivrognes et voyous, caricatures d'un monde interlope, ne l'attiraient plus. Jean songeait aux semailles que l'on ne pouvait entreprendre, aux labours sous la neige, à la terre orpheline des hommes, aux gâchis que causeraient les grêlons des giboulées tardives, à l'impuissance des paysans face aux caprices du temps. Des calamités qu'il eût aimé combattre en compagnie d'un monde qui était le sien.

Il s'apprêtait à réchauffer sa gamelle, lorsque la petite bonne des Mérand vint lui annoncer que la patronne le réclamait au bureau.

– Que me veut-elle ?

– Je ne sais pas, elle m'a simplement dit : « Allez me chercher Lorlanges. »

– Veinard, elle va sans doute t'inviter à sa table !

– Je ne t'envie pas, parce que s'ils mangent comme ils payent, les Mérand !... lancèrent quelques camarades moqueurs.

Que lui voulait cette virago ? Jamais elle ne s'avisait de convoquer un employé, à moins de vouloir lui signifier son renvoi.

Sans lever le nez de ses cahiers, la patronne fit glisser une enveloppe au coin de la table et conseilla à Jean de s'abstenir désormais de prendre les établissements Mérand pour une boîte à lettres.

« Quel que soit le temps, pensa-t-il, soudain de méchante humeur, je me fous le camp d'ici ! »

– Avez-vous bien entendu, Lorlanges ? ajouta-t-elle haussant le ton.

– Je ne suis pas sourd.

– Comment !...

– A propos, vous me préparerez mon compte pour la fin du mois, dit-il récupérant son enveloppe.

– Vous ne vous plaisez plus ici ?

– Foutre non ! reprit Jean piqué au vif. J'en ai soupé de passer des dix et douze heures dans les courants d'air de vos hangars, à me coltiner des caisses pour une misère !

– D'autres ne s'en plaignent pas, je pense...

– Ce que vous pensez m'est égal, je veux mon compte en fin de mois, rien de plus !

– Ne soyez pas insolent, je vous prie, sinon vous aurez affaire à mon mari, et...

– Qu'il y vienne, le Mérand, et avec son frère encore, ils ne seront pas trop de deux ! Je me sens d'attaque.

Au bas de l'escalier dévalé quatre à quatre, Jean faillit se heurter à Marius Mérand, son patron, de retour pour déjeuner. Sans porter la moindre attention au bonhomme, il décacheta l'enveloppe et tira une demi-feuille de papier. Quelques lignes, écrites précipitamment, en occupaient la quasi-totalité.

Cher Jean,

J'espère que cette lettre te trouvera encore à Issoire. Il y a du travail pour toi à Basson-Seul. Si le cœur t'en dit, je t'attendrai avril courant.

Bonne santé.

Baptiste Toutin.

Un hurlement de joie résonna dans toute la maison. Au comble du bonheur, Jean brandissait sa lettre comme un trophée.

– Eh bien ! rugit Marius Mérand, tu te crois sur le champ de foire ? Va casser la croûte, le travail attend.

– Je vous emmerde, Mérand ! Touchez donc deux mots de mes projets à votre femme, et s'ils ne vous conviennent pas, venez me trouver !

Jean regagna la cour. Parvenu sous les fenêtres du bureau, il se retourna brusquement et, les mains placées en porte-voix, gueula en direction du premier étage :

– Madame Mérand, la fin du mois, c'est jeudi en huit !

Puis il reprit sa marche vers les hangars et ajouta pour lui-même : « Je serai à Basson-Seul le dimanche. »

Enfin, un soleil timide perça par l'unique carreau de la lucarne. Jean repoussa les couvertures et se leva. La température ambiante de la chambre lui parut plus clémente que la veille. Sur la vitre, aucune rosace de givre ne se dessinait, contrairement aux matins précédents. Déjà hier, une lumière franche s'imposait après l'opacité des jours passés. Dans la rue, Jean huma un air léger, chargé de lointains parfums de pollens. Il calcula qu'à dix heures, il ferait bon vivre sans manteau. « Ça va tenir ! songea-t-il scrutant le ciel, le temps vire au beau. Fini l'hiver. »

Fin mars, le printemps se faisait connaître.

Sous les hangars des établissements Mérand, des montagnes de caisses en souffrance attendaient d'être chargées sur des remorques que tireraient au pas, tout le jour à travers la ville, des percherons attelés en flêche. Marius Mérand, ainsi qu'il le faisait chaque matin, poings sur les hanches, planté en bout de quai, surveillait l'arrivée de sa douzaine de manutentionnaires. Parvenus à hauteur du patron, tous se découvraient pour un salut respectueux. Jean arriva les mains dans les poches, sifflotant et souriant. Sans rien changer à son attitude, il passa sous le nez de Mérand auquel il adressa un bref hochement de tête.

– Lorlanges ! Viens un peu par là.

Jean s'arrêta et fit face à son patron. Marius Mérand sauta à bas de son perchoir et l'entraîna à l'abri des regards.

– Ma femme m'a raconté. Je n'aime pas être menacé, surtout sous mon propre toit. Paraît que ni mon frère ni moi ne te faisons peur ?

– C'est bien ce que j'ai dit, mais je ne vois pas votre frère.

– Nous nous passerons de lui.

Dans un coin désert de l'entrepôt, Mérand toisa son employé.

– Je te fais une proposition, Lorlanges. Puisque tu as l'air d'y tenir, on va se colter, toi et moi. La fin du mois, c'est aujourd'hui, n'est-ce pas ? Alors, écoute bien : si j'ai le dessus, tu travailles et je ne te dois rien pour ton dernier jour. Si toi, tu as le dessus, je te paie ta journée, mais tu ne la fais pas... Tu prends ton compte et tu t'en vas. Qu'en dis-tu ?

– Faire le généreux ne vous ressemble guère ! Vous êtes bien sûr de vous, pas vrai ? répondit Jean, se débarrassant de sa capote de soldat.

– Je crève d'envie d'aplatir ta sale petite gueule.

Les deux hommes s'empoignèrent.

Saisi à la taille, ceinturé, Jean fut surpris de se retrouver projeté à terre. Mérand, pressé d'en finir, jetait d'entrée toutes ses forces dans la bagarre. Mais Jean ne le craignait pas ; il fut debout avant que Mérand n'ait pu faire un pas. Bâti à chaux et à sable, Jean se savait d'une puissance et d'une agilité supérieures. Et sa haute taille demeurait son principal atout. Ses longs bras lui permettaient de tenir l'adversaire à distance et de choisir le bon moment pour abattre son poing. Par deux fois il toucha au visage. Jean voulait voir Mérand céder petit à petit, non le rouler au sol et le maintenir. Mérand encaissait courageusement. Le nez et la bouche en sang, il esquivait, revenait à la charge et tentait de se saisir de l'un des bras de Lorlanges. Jean reculait, puis avançait et frappait. La tête de Marius Mérand brinquebalait sous les coups. Son souffle se raréfiait : signe d'épuisement. Jean, également à court de souffle, s'écartait le plus possible des mains de Mérand. Enfin, il vit l'ouverture. Prenant appui sur sa jambe droite, il arma son poing et, de bas en haut, cueillit son patron sous le menton. La grosse tête frisée de Mérand partit en arrière. Déséquilibré, il pivota et mit un genou au sol. Jean le contourna aussitôt et s'apprêta à frapper encore. Finalement, Mérand leva la main.

– Arrête... J'en peux plus.

– Je ne vous croyais pas aussi courageux...

– Va au bureau... Demande ton enveloppe... Et fous le camp !

Jean récupéra sa capote et se rendit au bureau. « Drôle de façon de fêter mon départ !... », marmonna-t-il.

Plus tard, en promenade dans les rues, il s'étonnait encore de l'incident. « C'est bien la première fois qu'un patron paie un jour de congé à un employé qui vient de le rosser ! Paulin serait fier de moi. »

Jean comptait mettre tout le samedi et une partie du dimanche pour parvenir à Basson-Seul. Selon ses prévisions, il dormirait à Dauzat-sur-Vodable et, au matin, tenterait de mettre la main sur une voiture en direction de Compains. Dans ces conditions, malgré la neige, le reste du trajet empruntant les coursières serait une rigolade.

Il se mit en route au lever du jour, salué une dernière fois par les cloches de Saint-Austremoine. Dès lors, Jean ne se retourna pas avant d'être certain que la ville fût réduite à des proportions de miniature.

Lentement, il pénétra le pays des hautes couzes. Les fossés, les champs, les sous-bois – parfois la route elle-même –, encore enneigés, indiquaient une progression constante en altitude. En milieu de matinée, le paysage flamba aux premiers rayons du soleil. Certains belvédères à l'à-pic des gorges, recouverts d'une trame brumeuse, signalaient à proximité le lit d'une rivière. Le dégel amorcé découvrait peu à peu une végétation vidée de sa sève. Le blanc immaculé de la neige retirée par plaques livrait aux regards la calcination d'une nature convalescente. Au sortir d'une longue léthargie, elle s'éveillait prudemment.

Jean jugea son avance suffisante pour s'accorder une demi-heure de repos. Engagé sur un chemin filant à mi-pente, il déboucha au seuil d'une auberge aperçue depuis la route. La porte poussée, il se laissa tomber à l'une des trois tables réservées à la clientèle. Basse de plafond, la pièce sentait bon la soupe. Aux solives noircies pendaient le lard et le jambon. Sur les étagères d'un meuble vitré s'alignaient des verres et des bouteilles. Les murs nus de tout ornement, encroûtés d'un crépi vieillissant, sales jusqu'à se confondre au plancher poussiéreux, auguraient la pauvreté de l'endroit. Dans le coin le plus sombre, accoté à un âtre béant et vide, ronflait un fourneau. C'était cela l'auberge. Il sortit de sa musette un restant de pain, un bout de fromage et commanda une chopine de vin rouge à une petite vieille surgie d'une pièce voisine, dont le visage maigrelet disparaissait sous un bonnet de dentelle.

A onze heures, Jean reprit sa route et retrouva immédiatement ses sensations de marcheur infatigable. Aguerri par quatre mois passés à débarder des caisses du matin au soir, ses muscles roulaient sous sa peau sans la moindre douleur. Un soleil printanier brillait et l'eau courait le long des fossés ; heureux, il accéléra la cadence.

Parvenu à Dauzat-sur-Vodable, dont l'église, construite à l'aplomb d'une falaise, domine le panorama de la vallée de Boudes, Jean se mit en quête d'un coin pour la nuit. On lui conseilla d'aller frapper au presbytère, le curé y recevait volontiers les voyageurs. Le bonhomme, en effet, l'accueillit bras ouverts et lui assura, en plus du dîner, un toit sur la tête.

– Monsieur le curé, je vous laisse ma besace un moment, le temps de me renseigner si, demain matin, une carriole part pour Compains.

– Dimanche matin..., réfléchit le gros homme. Vous trouverez certainement chez les Pialat. Ce jour-là, le fils aîné convoie quelques paires de sabots pour le compte d'un revendeur d'Égliseneuve ; sans doute pourra-t-il vous faire une petite place à ses côtés. Les Pialat demeurent face à l'abreuvoir, allez-y de ma part.

Jean n'eut aucune peine à conclure son départ pour le lendemain sept heures. Envoyé par le curé, on lui offrit de manger la soupe, mais il déclina l'offre poliment et regagna le presbytère où il s'installa le dos contre un bon feu de cheminée.

– Mélie ! cria le curé en direction de la cuisine. Vous nous servirez sans tarder, ce jeune homme a l'estomac vide ! Il me faut parler fort, ajouta-t-il à l'adresse de Jean. Elle est un peu sourde en plus d'un caractère difficile, mais je m'estime heureux de l'avoir : elle tient ma maison parfaitement. Je vous suis reconnaissant, dit-il encore, dodelinant de sa tête ronde étranglée par un col de Celluloïd, sans vous, ce soir, je serais resté seul une fois de plus.

– Moi aussi, je suis seul depuis quelque temps, et ce n'est pas dans mon tempérament. Cela dit, curé, si vous me voyez content d'être en compagnie, je dois vous avouer... que je ne suis pas... vis-à-vis des curés...

– Qu'essayez-vous de me dire ?

– Je parle de la fonction...

– Oh ! alors, ça n'a aucune importance. A quelle heure votre départ, demain ?

– Le fils Pialat s'en tient pour sept heures.

– Bien. Ma première messe est à six, vous aurez tout le temps d'y assister. Entendre la parole du Seigneur est-il au-dessus de vos forces ?

– Non.

– Alors, laissez la fonction de côté et intéressez-vous à Dieu.

– Ce que j'essaie de vous dire...

– Oui, oui, j'ai parfaitement compris, les curés vous agacent. Mais les renier tout à fait reviendrait à renier une part de vous-même !

– Une part de moi-même ?

– Oui, mon jeune ami. Qui croyez-vous que nous sommes, vous, Mélie, les autres et moi-même ? Sinon une part de Dieu en un tout indivisible ?

– Du diable si je comprends...

– Laissez celui-là où il est. Dieu fait homme, vous saisissez ?

– Dieu fait... Naturellement...

– Tout cela n'est pas aussi compliqué qu'il n'y paraît. Prétendre que notre Seigneur est ce que les hommes en ont fait serait absurde. Essayez de voir un peu plus loin. Vous n'aimez pas les curés, soit. Personne ne vous y oblige. Mais pour un grand nombre d'entre eux, oublieux des premiers préceptes tel que amour et humilité, combien d'autres sont au cœur de l'action et vivent en parfait accord dans les lois dictées par notre Père !

– Ma foi... Je...

– Il s'agit bien de foi, en effet. Dieu, au-delà des mots, se traduit surtout par des actes. Alors, avant de mettre tout un monde dans le même sac, réfléchissez et discernez.

Une jeune femme vêtue de noir vint déposer une soupière au centre de la table, puis disposa les couverts et ajouta le vin et le pain avant de se retirer. Jean suivit avec intérêt les déplacements de la servante, impressionné par la grâce de cette paysanne de bonne taille, dont le sévère visage, que rehaussait un chignon de cheveux noirs et deux grands yeux verts, dissimulait mal la bonté.

– Bien, reprit le curé. A présent, mangeons. Ensuite, vous me raconterez ce qui vous presse tant de rejoindre Compains.

Le repas terminé, les deux hommes reprirent leur place près du feu.

– Ici, nous serons bien. Si le printemps pointe le nez, les soirées n'en demeurent pas moins fraîches, dit le petit homme en se frottant les mains, et nous allons boire la goutte.

– Merci pour le dîner, monsieur le curé, votre Mélie est bonne cuisinière et le vin était fameux. Il tourne même un peu la tête.

– C'est du chanturgue, vous connaissez ?

– Non.

– Les côteaux sont au nord de Clermont. Sous Napoléon III, tout Paris ne jurait que par lui. Vous n'êtes jamais allé à Clermont ?

– Une seule fois, en partant à la guerre. Mais je n'ai pas eu beaucoup de temps pour visiter.

Le curé alla ouvrir un buffet et rapporta une bouteille et deux petits verres.

– Eau-de-vie de coing ! Vous sentez ce parfum ?

– Faudrait avoir le nez bouché !

– Buvez !

A la première gorgée Jean se redressa.

– En effet, on la sent passer ! C'est de la bonne.

– Ne le répétez pas, mais elle est de ma fabrication. Que voulez-vous, j'ai une faiblesse pour la bonne chère, et les journées sont si longues dans nos montagnes... Alors, je m'occupe.

– C'est à se demander ce que vous mettez dans le calice de l'offrande !

– Un rosé de Corent, figurez-vous. Excellent ! J'en verse même un peu plus que nécessaire.

– C'est égal, vous n'êtes pas de ces curés qui n'ont rien à partager.

– C'est que, voyez-vous, la plupart sont pauvres. Moi, j'ai hérité d'un peu d'argent de ma famille, aussi, une fois l'église retapée en partie à ma charge, j'ai placé le reste chez le notaire de Besse, et ma foi... je ne vis pas mal. Encore un peu de coing ?

– Je ne dis pas non.

– A la bonne heure. Maintenant, racontez-moi pourquoi vous devez rejoindre Compains dimanche au plus vite.

– Pour parvenir à Basson-Seul avant la nuit.

– Basson-Seul !

Jean dut satisfaire à la curiosité du petit homme et conter l'histoire de sa rencontre avec les Toutin, jusqu'à son périlleux départ de chez Mérand. Épisode qui amusa beaucoup le curé.

Bien qu'ils se fussent couchés tard, au matin le curé tira Jean de son sommeil à cinq heures et demie.

Dans un froid glacial, il s'habilla et descendit à la cuisine où, déjà, Mélie avait allumé le fourneau. La chaleur de la pièce et les arômes de soupe et de café lui redonnèrent courage.

– Bonjour, curé. Bonjour, madame.

– Bonjour. Poussez-vous, vous êtes dans mes jambes, dit sèchement Mélie.

– Excusez.

– Asseyez-vous, mon garçon. Déjeunez, l'heure de la messe sera vite là, dit le curé en passant sur ses épaules une capeline à capuchon. Puis il ajouta pour sa bonne : Soyez assez aimable, Mélie, de préparer un peu de cochonnailles et de fromage pour ce garçon. Il aura faim à midi. N'oubliez pas d'ajouter une bouteille de vin, j'ai cru comprendre qu'il ne le déteste pas.

– J'en connais un autre, lâcha la servante occupée à vider les cendres du fourneau.

– Je vous l'avais dit, cette fille a très mauvais caractère, chuchota le curé à l'oreille de son invité.

Puis il sortit.

Jean coupa deux tranches de pain de ménage qu'il émietta au-dessus de son bol de soupe.

– J'aime bien votre curé, il a les idées larges, lança-t-il à Mélie.

Mais il n'obtint aucune réponse.

A l'heure de la messe, Jean se rendit à l'église. Seulement huit personnes assistaient à l'office du matin, dont Mélie, la tête coiffée d'un fichu frangé. La célébration terminée, il retourna au presbytère chercher sa besace, rejoint par le curé quelques minutes plus tard, affamé et transi.

Le jour se levait.

– Vous entendez, dit le petit homme, les oiseaux saluent votre départ dans la joie et la paix du monde. N'oubliez pas, mon garçon : chaque matin est une naissance qui mérite bien que l'homme s'y attarde tout un jour.

« Sacré curé ! », pensa Jean.

Sur le point de partir, son regard croisa celui de Mélie, qu'il salua d'un sourire. La jeune femme lui répondit d'un signe de tête et retourna à ses travaux. Quelque peu déçu, Jean serra la main du curé, le remercia et quitta le presbytère.

Le père et les fils Pialat l'attendaient. Les quatre hommes échangèrent des banalités sur le temps, puis Pialat « aîné » invita son passager à s'asseoir à côté de lui sur le siège de la carriole, fit signe à Pialat « cadet » de lâcher le harnais et, d'un claquement de langue, mit son cheval au pas.

Le voyage fut agréable. Quand la route le permettait, l'attelage filait au trot. Trois haltes furent nécessaires au cheval avant d'atteindre Compains.

– Depuis le temps qu'il fait la route, il s'arrête de lui-même aux endroits prévus, précisa Pialat « aîné ».

Les deux hommes n'échangèrent que quelques mots durant le trajet. Jean profita du paysage tourmenté de cette partie de la région. Puis, insensiblement, il vit les perspectives se dégager, les bois se raréfier, les fractures s'égaliser. Le Cézalier s'annonçait. Beauté désœuvrée – exposée à perte de vue –, le poil ras, ronde, nue. Dans l'inconfort de la carriole, Jean songea qu'il aimerait retenir sa vie ici.

Sitôt arrivés, il invita son cocher à boire le verre de l'amitié. Mais celui-ci refusa.

– Voyez-vous, j'ai une visite à faire qui ne peut attendre, dit-il, décochant un clin d'œil à son passager.

Alors Jean le remercia, flatta le cheval et s'en alla seul à l'auberge manger son jambon et son fromage.

Il quitta Compains en début d'après-midi. Dégagée, la route ne présentait plus les difficultés qu'il avait rencontrées lors de son premier passage. Les congères fondues, l'eau suintait sous ses pas. Devenus inutiles, les piquets de repères demeureraient plantés quelque temps encore au bord des talus.

Sur ce versant sud de la montagne, le soleil prenait ses aises de saison. Les coursières empruntées à partir du pont des Aigues, comme il s'y attendait – en grande partie sous couvert de jeunes bois –, conservaient tout un lot d'embûches et de pièges. Mais Jean s'engagea. Une neige molle se tassa sous ses pas ; malgré un sentier rendu glissant, il ne ralentit pas la cadence.

La nuit tombait lorsqu'il aperçut les lumières pâlottes des Bassons. Toujours ces halos tremblotants aux petites fenêtres des maisons, et ces manches de fumées dissoutes dans la noireté du ciel. En quelques enjambées, il traversa le hameau – dans les étables, les vaches impatientes de s'ébattre au grand air tiraient sur leur chaîne – et fut de nouveau en rase campagne. Bientôt, au terme de son voyage, il pourrait distinguer l'alignement de frênes : signe particulier de Basson-Seul.

Le chien Mariole, le premier, perçut sa présence, qui, depuis sa place devant l'âtre, se dressa et bondit en donnant de la voix.

– Quelqu'un est dehors ! dit Patience quittant sa chaise.

Toutin empila une dernière bûche sur un des côtés de l'âtre et se dirigea vers la porte.

– Laisse !

Jean s'arrêta un instant pour contempler la maison, la grange, le four à pain, la porcherie ; alanguis sous la lune, l'ensemble crevait d'ennui.

La porte s'ouvrit, et il vit la silhouette de Toutin s'immobiliser dans le cadre de lumière.

– Quelqu'un ? demanda celui-ci.

– Oui, moi, Lorlanges !

– Jean ?

– Eh oui !

Toutin s'écarta. Mariole réussit à se faufiler et s'élança en aboyant.

– Ici, le chien ! cria Toutin.

– Laissez ! il me reconnaîtra.

Le chien fit en gueulant un cercle autour de Jean, puis renifla le bas de sa capote et ses pieds.

– Tu fais bien ton travail.

Il s'était baissé pour le caresser et Mariole avait identifié ce grand garçon aux mains très douces sur son poil.

– Tu m'as toujours eu à la bonne, hein !... Bon, allons-y maintenant.

Précédé par le chien, Jean franchit les derniers mètres le séparant de Toutin.

– Ça me fait plaisir de te revoir, garçon. Entre. Regarde qui est là !

– Jean Lorlanges ! s'étonna Patience.

– Bien le bonsoir, madame.

– Je ne te l'ai pas dit, reprit Toutin à l'adresse de sa femme, mais, de Compains, l'autre jour, je lui ai envoyé un mot en espérant qu'il soit toujours chez Mérand.

– C'est là que je l'ai reçu.

Patience s'empressa de l'aider à se défaire de sa capote.

– Débarrassez-vous et allez-vous asseoir, vous devez être bien fatigué.

– Je reconnais que j'en ai plein les pattes. Le voyage dans ce sens était plus long que je ne croyais.

– Toutin, allons, offre-lui un petit remontant en attendant la soupe.

Jean but deux marcs coup sur coup et cela lui rappela sa première visite à Basson-Seul, puis il retrouva la chambre qu'il avait occupée quelques mois plus tôt, pour ensuite se délasser au coin de l'âtre. Le moment venu de manger, il déposa sur la table ce qu'il appela « la bouteille du curé ».

– Celui de Dauzat-sur-Vodable, un drôle de bonhomme, mais vous verrez, son vin est bon...

– Il tombe bien..., commença par dire Toutin, parce que...

– Parce que quoi ? reprit Patience.

– Tu ne t'en doutes pas un peu ?

– Avec toi, pour savoir ce que tu penses !

– Justement, je pense relancer Basson-Seul.

Silence.

– C'est pourquoi j'ai fait signe à Jean, on ne sera pas trop de deux !... Alors, ça s'arrose, non ?

– Je crois bien, oui ! exulta Jean, fou de joie à l'idée qu'il n'aurait pas à chercher d'autre place en cours de saison.

– Tu...

Patience, une main sur le front, ne savait si elle devait rire ou pleurer.

– Allons, remets-toi, c'est bien ce que tu voulais ?

– Oui, mais... Tu ne m'en as rien dit. Jamais !

– Non, je voulais t'en faire la surprise.

– Elle est réussie ! J'ai cru me trouver mal...

– Allons, sers à boire, garçon, et levons nos verres !

Jean remplit les verres puis, tourné vers Toutin :

– Excusez la question, mais comment pouviez-vous être certain de me joindre à Issoire ?

– Je n'étais certain de rien, j'espérais seulement que tu n'en bougerais pas avant le dégel. De toute façon, je savais que tu ne remonterais pas chez Coumelière.

– Ah !

– Pour la bonne raison que, dans la lettre que tu lui as remise, de ma part, je demandais à Coumelière de ne point te proposer de travail au printemps, au cas où j'aurais besoin de toi ici.

– Donc, tu savais déjà que tu voulais..., coupa Patience au bord de la colère.

– Non, je ne savais pas, tout au plus j'avais ma petite idée.

– Et tu m'as laissée tout l'hiver...

– Mais puisque je te dis que je n'étais sûr de rien ! Maintenant, je sais.

– Dans ce cas, maître Toutin, maîtresse, trinquons à Basson-Seul, à sa renaissance !

– Tout de même..., ajouta Patience, levant son verre comme les autres, m'en toucher deux mots ne t'aurait pas écorché la langue...

On but, on trempa la soupe et on mangea la panlade, joyeusement.

7

– Mes fils morts, je m'étais juré qu'aucun étranger ne viendrait s'installer à Basson-Seul... Et te voilà qui débarques avec ce bout de lettre. Comprends-tu, agir auprès de Coumelière, avant qu'il ne te retienne pour l'été, était un réflexe. Mais après, j'ai eu tout le temps de comprendre qu'il y avait là quelque chose qui me dépassait, et j'ai fini par voir le signe que me faisait mon Joseph ; du fond de son trou, il ne veut pas que Basson-Seul crève, et il t'envoie.

– Vous croyez que j'ai bien fait de venir, alors ?

– Pardi ! Tu en doutes ? Regarde autour de toi, tu ne vois pas toute cette désolation accumulée ? Elle date de la mort de mes fils, et tu voudrais que je regrette ta venue ! Avant que tu n'arrives, il n'y avait plus de maître ici, maintenant je sais que je peux le redevenir.

Toutin et Lorlanges étaient en route pour le tour du propriétaire qui se terminerait par la visite des bâtiments. La terre, orpheline de ses hommes, avait été envahie par l'ordinaire et peu à peu métamorphosée en une croûte hirsute. Dans les plaines également, l'hémorragie des forces vives, durant quatre longues années, avait obligé les vieux et les femmes à reprendre le collier. Les socs abandonnés aux entrailles de la terre, les charrues bras tendus vers le ciel, exhortaient la clémence divine. Les sillons, dans l'attente de semences, faisaient songer aux lignes vierges d'un cahier oublié sur le bord du chemin par un écolier enfui précipitamment à l'appel de la cloche. De même, la hêtraie et toutes les autres pièces de bois n'étaient qu'un grand désordre d'arbres non secourus.

Des soins urgents s'imposaient ; à Jean de les pratiquer au quotidien.

Toutin ne voulait pas précipiter les événements. Il ne redeviendrait pas le gros propriétaire d'antan avant longtemps, et d'ailleurs, la perspective de retrouver ce titre ne le préoccupait guère. Son idée était qu'une douzaine de vaches constituerait le troupeau de départ.

– Nous verrons ce qui nous reste en octobre. Malheureusement, il est trop tard pour labourer, en août j'achèterai donc du fourrage. Mais c'est un exploit à ne pas rééditer chaque année, aussi nous ensemencerons les varennes que tu as vues plus bas. La terre est profonde et fertile, elle ne prend que la peine qu'on lui donne. Cette année encore, nous achèterons notre farine de seigle, mais l'année prochaine... aussi une paire de bœufs et un cheval nous seront nécessaires pour tous ces travaux. Reste le bois, émonder tout ce fatras de branches, abattre certains fûts pourris est un gros travail que je te réserve. Je ne doute pas de ta vaillance et de ta vigueur. Les hêtres sont en nombre, mais faut-il encore s'en occuper. Du côté des bâtiments, tu le verras tout à l'heure, rien à dire, l'ensemble tient le coup, des bricoles par-ci par-là. Voilà... Voilà comment vont aller les choses.

– Ça me paraît vu comme il faut.

– Je ne te cache pas, garçon, que je compte beaucoup sur toi. Pour moi, il n'y aura pas d'autre essai. Tel que tu me vois, je lance dans la bataille mes dernières forces, mon dernier argent, et aussi mon dernier espoir. Je crois... Je crois avoir fait le deuil de mes fils, et m'être fait aussi à l'idée que ma maison peut marcher au pas d'un étranger. Mais si jamais la vie me jouait encore un tour à sa façon, alors je piquerais du nez pour de bon.

Jean hocha la tête signifiant à son nouveau maître qu'il saisissait toute l'importance de sa présence dans l'entreprise future.

Puis les deux hommes revinrent jeter un coup d'œil aux bâtiments. L'étable, immense – on pouvait y loger une centaine de bêtes –, le four à pain, sa voûte calcinée, intacte, la porcherie, le fenil bourré de vieux foin jusqu'aux solives... Il faudrait en sortir une grande partie et s'en débarrasser par le feu, le reste servirait de litière. Et derrière, le potager, également tombé en disgrâce, à désherber, à bêcher, à fumer. « C'est pas le tout, se disait Jean, mais maintenant il faut se mettre au travail. »

Clermonte, l'unique vache, retrouva les prés devant la maison. Lorlanges rassembla les outils et entreprit le fenil. Toutin désherba. Deux bonnes heures avant la tombée du jour, y compris le dimanche, armé d'une cognée, Jean s'éloignait en direction de la hêtraie et commençait à réserver le bois. Des bûches s'amoncelaient, qu'il reprendrait plus tard à la scie. Il rentrait épuisé, plein d'un bonheur insaisissable et confus, ébloui par le soleil couchant de cette fin avril.

Le soir, devant l'âtre, alors que dehors des queues de vent insistaient encore, les flammes éclairaient trois visages paisibles dans la maison assoupie. Toutin évoquait le passé de Basson-Seul pour le plaisir de revivre son enfance, sa jeunesse. Il tirait sur sa pipe et riait. Une grande compassion envers ses ancêtres accompagnait ses récits, et Patience approuvait, silencieuse, le sourire retrouvé.

Mariole dormait déjà.

Chaque matin les voyait tous les trois de nouveau au chevet de Basson-Seul. La rouille partit en éclats, murs et portes rafistolés, les bâtiments resurgirent de l'ennui, et Jean, secondé une partie de la journée par Toutin, put se donner entièrement à l'entretien de la hêtraie. De vieux arbres secs furent couchés, débités et stockés par quartiers en lisière. Patience ravitaillait les deux hommes à l'heure de midi et repartait vers ses propres occupations.

Au fil des semaines, les sommets sortaient de la nuit tête nue, sans le moindre bonnet de brouillard. Quelques plaques de neige résistaient, toujours tassées dans les creux délaissés par le soleil. Mais c'était l'affaire d'une dizaine de jours avant qu'elles ne disparaissent et qu'une eau abondante engorge les rases des prairies.

On pouvait voir maintenant distinctement les drailles, ces chemins qu'empruntent les vaches pour gagner les herbages, progresser le long des pentes, et imaginer les plateaux envahis de centaines de bêtes à l'estive. Le retard rattrapé, Toutin et Jean travaillèrent à leur main, et Basson-Seul fut prêt. Il ne manqua bientôt plus que la présence d'un troupeau pour que l'on ne s'aperçût de rien.

C'est ce moment précédent l'estive de quelques jours que Patience choisit pour se rendre à Mareuge, sur la tombe de ses parents.

– Ce n'est pas une fois les choses en train qu'il sera temps de s'absenter.

Toutin lui conseilla de partir dès le vendredi pour être de retour le dimanche, à l'occasion de la foire, où elle les retrouverait, lui et Jean. Patience trouva l'idée bonne. La décision fut arrêtée.

– Je dormirai à Murol, chez ma parente, la Jeanne Sourbié, à l'aller comme au retour. Je ne l'ai pas vue depuis des lustres. Une fois à Besse, je n'aurai aucune peine à arranger mon transport.

Le vendredi matin, Mariole suivit sa maîtresse au-delà des Bassons avant qu'elle ne le renvoie. Convaincu de devoir faire demi-tour, il s'assit sur le chemin et la regarda s'éloigner. Patience avait une longue route devant elle ; rejoindre Compains, puis Besse, ne présentait pas grande difficulté, atteindre Murol et ensuite Mareuge était une autre affaire. Généralement, les attelages de chevaux ne manquaient pas de circuler entre les villages, et les cochers s'offraient volontiers pour transporter quiconque leur faisait signe sur le bas-côté. Patience savait pouvoir compter sur cette solidarité couramment pratiquée dans les campagnes.

Jean s'apprêtait à partir pour la hêtraie lorsqu'il vit Patience quitter le domaine chargée d'un petit baluchon.

– Où va la patronne de si bonne heure ? demanda-t-il à Toutin.

– A Mareuge. Une toquade. D'habitude, elle attend toujours la fin septembre, pour aller sur la tombe de ses vieux ! Il est vrai qu'elle n'y a pas mis les pieds depuis cinq ans, alors... On la reverra dimanche, à Brion. En attendant, tu mangeras ma soupe : souviens-toi, je ne la fais pas si mauvaise.

Jean fixa l'horizon en direction de Compains et imagina Patience trottant d'un pas alerte sur les routes dégagées.

– Eh bien ! t'en fais une mine... Porte pas peine, elle a l'habitude, et les deux jours auront tôt fait de passer... Jean ?

– Oui, oui, j'y vais...

– Te voilà qui rêve tout debout ! A quoi tu penses ?

– Hein !... A rien, je vais au bois.

Jean s'éloigna tête basse et Toutin crut voir l'embarras figer le visage du garçon.

En réalité, une authentique peur s'était emparée de Jean, le laissant totalement hagard. Il imagina encore

Patience parvenue à Mareuge chercher la maison des Lorlanges – la découvrir ne lui prendrait guère de temps –, frapper à la porte et donner de ses nouvelles. Elle apprendrait à la mère Lorlanges que son fils se portait bien et qu'il ne manquerait pas de les visiter dès la fin des beaux jours. La pauvre femme en tomberait des nues.

Il planta la hache au cœur d'un billot et, débarrassé de sa musette, coupant à travers bois, courut vers le hameau. Sa conclusion était qu'il devait à tout prix rejoindre sa patronne et la convaincre de ne pas se rendre chez les Lorlanges pour des raisons qu'il qualifierait de personnelles et qui ne regardaient personne d'autre que lui. Ainsi, il en était persuadé, elle n'aurait pas l'audace de s'étendre sur la vie privée d'une famille qu'elle ne connaissait pas, et qui de surcroît avait le droit de garder ses secrets pour elle-même.

Les maisons du hameau atteintes, puis dépassées, la route s'éloignait, désespérément vide. Patience avait-elle détalé si vite ? Jean était là à s'interroger lorsqu'il s'entendit interpeller.

Il fit demi-tour et se dirigea vers une grosse femme debout devant sa porte. Celle-ci, menton relevé, s'essuyait les mains à un coin de son tablier.

– Vous êtes le Jean des Toutin ? lui demanda-t-elle.

– C'est moi.

– Et je parie que vous courez après Patience ?

– Tout juste, oui... Maître Toutin voulait être certain qu'elle n'avait pas oublié son argent.

– Ah ! ça, mon pauvre garçon, vous arrivez un peu tard. Comme elle passait devant chez nous, mon mari, le Jacques, s'apprêtait à fouetter son cheval. N'est-ce pas, il est parti chercher quelque outillage et un peu de sel, et pardi il l'a embarquée dans sa carriole. Ça lui évitera une belle trotte, pensez, il va jusqu'à Besse.

– Ah...

– Vous en faites pas, allez ! Elle a sûrement pris ce qu'il faut, cette femme a la tête sur les épaules.

– Sûrement, oui...

– Dites-moi, on raconte par-ci par-là...

– Qu'est-ce qu'on raconte ?

– Eh bien ! que Toutin se remet au travail.

– C'est vrai.

– Ma foi, voilà qui est bien...

Jean revint sur ses pas, laissant la Ginou Delarbre parler dans le vide. « C'était trop beau, se disait-il. Dès lundi, je vais devoir rassembler mes affaire et ficher le camp. Si Toutin ne me fout pas dehors au beau milieu de la foire ! Dommage, je me plaisais bien ici. »

Il n'eut guère d'ardeur à travailler ce jour-là.

A Besse, Jacques Delarbre confia Patience à un roulier de sa connaissance en partance pour Saint-Nectaire. Le voyage se passa bien au côté d'un cocher sachant ménager ses chevaux et, quand il le fallait les encourager d'une voix amicale, les qualifiant de « beaux », de « jolis », de « grands ». Les quatre boulonnais de trait tendaient les sangles ; le licou plaqué à la poitrine, ils arrachaient la charge en haut des côtes. En vue de la vieille forteresse médiévale dominant Murol, l'homme indiqua à sa passagère le lieu où elle pourrait, dès la pointe du jour, trouver sans peine de quoi revenir le surlendemain : un grand carrefour où les attelages prenaient un peu de repos avant de se lancer en direction de Besse.

Patience remercia et s'enfonça dans les ruelles du bourg.

L'étonnement passé, Jeanne Sourbié accueillit sa petite nièce bras ouverts. Comme la nuit s'apprêtait à toucher le sol, la vieille femme glissa une allumette sous le verre de sa lampe à pétrole et la porta à hauteur du visage de Patience.

– Tu es bien fille de la Fernande ! On ne peut pas s'y tromper. Ce chignon sous ce petit chapeau de paille, ces yeux noirs, ce nez un peu long, cette bouche qui a toujours l'air de rire, vrai, c'est ma pauvre cousine tout craché...

– Eh oui ! tante, me voilà bien heureuse de vous voir.

– En a-t-il coulé de l'eau sous les ponts, depuis que je ne t'ai vue ! Irais-tu à Mareuge fleurir la tombe de tes parents ?

– Mais oui, plus de cinq ans que je n'y ai pas mis les pieds.

La vieille se montra affable et se mit en peine de bien recevoir sa petite nièce, heureuse de cette compagnie inattendue. Patience voyait avec bonheur le cœur de sa grand-tante se réchauffer au fur et à mesure qu'elles évoquaient de lointains souvenirs. La soirée s'avança et elles en vinrent à évoquer l'existence à Basson-Seul. Patience raconta les longues années écoulées et le changement soudain depuis l'arrivée d'un certain Jean Lorlanges.

– Lorlanges, dis-tu ? s'étonna la veille femme.

– Oui, un bon gars, ma foi. Il y a plus de trois semaines qu'il est avec nous maintenant, et à présent Baptiste se porte comme un charme. Ce garçon est une bénédiction, parfois j'ai l'impression de voir rentrer l'un de mes petits.

– Ah, pauvre...

– Ça me remue un peu, mais je préfère encore cela à ce grand vide qui a glacé la maison si longtemps.

– J'ai connu des Lorlanges, à Mareuge. Connu est un bien grand mot, ils s'installaient comme je partais. Si j'ai bonne mémoire, ils étaient toute une flopée de gamins. Ils perchaient en dehors du pays, sur la coursière menant à Pessade. On ne les voyait guère. J'ai entendu dire qu'ils avaient un peu de misère à joindre les deux bouts.

– En effet, c'est ce que j'ai cru comprendre.

– L'un des fils est mort à la guerre, ou je me trompe ! Par exemple, je ne saurais dire lequel.

– Certainement pas Jean, celui-là se porte bien, je vous le garantis.

– Alors... Mais, je te dis, ils sont toute une nichée, là-dedans.

Le lendemain, Patience profita de la voiture d'un éleveur de volailles se rendant à Zanières pour se faire déposer à hauteur de Mareuge, bâti en retrait de la départementale. Au carrefour, Patience regarda un instant la voiture s'éloigner et s'engagea sur le chemin. Après quelques mètres, elle vit grandir une à une les maison basses du bourg de son enfance. Pour chacune d'elles, elle aurait pu conter leur histoire et décrire les visages de tous ces vieux qui, pour la plupart, l'avaient un jour accueillie. Mais aussi, à mesure qu'elle approchait, lui revenait en mémoire sa dernière visite, jour de Toussaint, en compagnie de Toutin, de Jean-Marie et de Joseph. Il faisait si froid cette année-là que les deux garçons avaient coincé leur mère entre eux sur la banquette arrière et, recouverts d'un cuir doublé de laine, tous trois s'étaient offert une belle tranche de rigolade. Tressautant sur le siège avant, Toutin, le chapeau enfoncé jusqu'aux yeux, menait ses chevaux en tirant sur sa pipe. De temps en temps, il se retournait et voyait l'un de ses fils disputer à l'autre les faveurs de la mère. Un beau chahut s'ensuivait et il ne pouvait s'empêcher de leur faire remarquer qu'ils se rendaient au cimetière, non à une noce. Vaine remontrance, qui produisait l'effet contraire. Plutôt que de s'assagir, mère et fils riaient de plus belle ; alors, Toutin abandonnait là ses reproches et s'amusait aussi.

Le soleil déjà haut perçait d'espiègles carrés de brume flottant en désordre au-dessus des toits. Patience sécha ses yeux et se ressaisit à l'approche de la première maison. Des vieilles et des vieux qu'elle croisa, trop avancés dans l'âge, pliés sur une canne, ne la reconnurent pas. Elle vint à eux et, se faisant connaître, les salua chaleureusement. Invitée à passer la porte de chacun, Patience répondit volontiers aux invites. Cela lui prit deux bonnes heures à passer de chaise en chaise avant que de reprendre son chemin encombrée d'une brassée de lilas mauves. A d'autres, qu'elle ne voulut vexer, elle promit de les visiter à son retour.

La grille repoussée, Patience fut dans le cimetière. Plongé dans un profond silence, celui-ci se prélassait sous le soleil avec un petit air de livre ancien, ouvert et délaissé. Les tombes, semblables à des têtes de chapitres – avec des noms et des dates – faisaient penser aux archives du village que quiconque s'en allait consulter à sa guise. Patience arrangea son bouquet de lilas dans un vase écaillé, ajouta de l'eau puis se recueillit. Sous ses pieds, Amédée Guinioux, son père, et Fernande, sa mère, réunis peut-être pour le meilleur, reposaient avec sur le ventre une simple couverture de sable bordée à ses extrémités par un muret de pierres sèches. Sans doute, s'adressant à eux, Patience s'excusa pour cette longue absence, et raconta le grand malheur qui les avait frappés.

En bonne fille, elle se fit la promesse de ne pas dépasser l'année sans revenir, puis, d'un dernier signe de la main, prit congé de ses parents. Tout en déplorant l'inconfort de ces ultimes demeures, elle circula entre les tombes, identifiant au passage les noms gravés dans la pierre. Jean Coélon, le père de Maryse, une amie d'enfance ; Lucien Chadeyrat, forgeron (« Pauvre vieux, se dit-elle, il venait à peine de fêter sa retraite ») ; Lucette Malard, morte des suites d'une pneumonie dans sa trente-huitième année, mère de trois enfants. Patience l'avait bien connue. A l'école, avec Minette, mademoiselle Chaume les nommait

« les inséparables ». Pour la suivante, comme pour les précédentes, son regard chercha les dates : 1898-1918. « Vingt ans, l'âge de Joseph... », pensa-t-elle. Puis cet autre nom : « Jean Lorlanges. » Patience blêmit et ne put se retenir de répéter, les yeux écarquillés : « Jean Lorlanges ! Jean Lorlanges ! » Effarée, elle eut un mouvement de recul avant de gagner la sortie en courant, s'enfuyant presque. Était-ce possible ? Un homonyme ! Ici ! Dans un village de quatre baraques ! Deux Lorlanges ! Deux Jean Lorlanges ! N'était-ce pas une erreur du graveur ? Une lettre pour une autre, qui suffisait à tromper le monde !

– Non pas, pauvre, il n'y a pas tromperie. Il s'agit bien du Jeannot Lorlanges qui repose, bonnes gens, tombé en dix-huit, à la toute fin.

– Ça ne serait pas son frère, des fois ?

– Mais non, mais non, le Jean, je te dis. Son frère, le Léon Lorlanges est seulement le troisième des enfants, il doit avoir à peine vingt ans aujourd'hui.

– Vous êtes sûr ?

– Dis donc, je ne suis pas encore gaga, tu sais.

La vieille Menoune esquissa un petit rire puis se tut, certaine des faits qu'elle avançait. Patience demeura sur sa chaise, éberluée, sans voix.

– Qu'est-ce qui ne va donc pas, avec le Jean Lorlanges ? reprit la vieille femme.

– Oh, rien, Menoune, c'était histoire de parler. Il avait l'âge de mon cadet.

– Eh oui...

Patience quitta Mareuge et rejoignit Murol, sans l'aide de personne. D'ailleurs, peu lui importait de marcher longtemps. L'après-midi se promettait au soleil ; de plus, le temps jusqu'au soir ne lui manquait pas. L'exercice lui permettrait de retrouver un semblant d'équilibre. Dans sa tête, les questions s'accumulaient : « Qu'est-ce que cette histoire veut dire ? Si Jean Lorlanges est réellement mort, alors qui est celui débarqué à Basson-Seul ? Pourquoi une fausse identité ? Et que nous veut-il, à la fin ? »

Jeanne Sourbié rechargea le feu. La douce chaleur diffusée par le poêle enveloppait les deux femmes assises dans sa proximité. Un chat noir s'était installé en boule sur les genoux de la tante. Patience se garda bien d'évoquer sa découverte du matin, ne souhaitant rien divulguer sans certitude absolue.

C'est Jeanne qui en parla :

– As-tu vu lequel des Lorlanges repose à Mareuge ?

– Non, j'avoue, ma tante, n'avoir pas seulement songé à me renseigner.

– Eh bien ! je te croyais plus curieuse. A ta place, j'aurais fait le tour du cimetière. Bah ! ça ne l'aurait pas fait revenir pour autant..., conclut la tante.

– A propos, j'ai le bonjour du père Fernand à vous donner, celui de la Toinette, aussi, et de la Menoune Blanchard.

– Voilà qui me fait plaisir. Comment vont-ils, tous ? La Menoune, toujours bon pied ?

– Ma foi...

Le reste de la soirée s'écoula doucement.

Tracassée, épuisée par sa longue marche, Patience sombra dans un profond sommeil.

Comme convenu la veille, elle se leva sans éveiller Jeanne qui lui avait confié ne s'endormir jamais avant le matin. Les préparatifs hâtivement expédiés, elle fut dans la rue, regrettant de ne pouvoir embrasser sa tante une dernière fois.

Postée au carrefour, elle attendit.

L'aube pointait quand elle entendit au loin le bruit d'un moteur à la peine. L'engin surgit deux minutes plus tard, précédé d'un unique phare fixé au bas de la calandre. Le faisceau de faible intensité balayait en tremblant un revêtement cahotique au gré des trous et des bosses. Patience fit un pas sur le bord de la route et agita sa main. Le camion ralentit dans un bruit de compression poussive, jusqu'à l'immobilité complète. A l'arrêt, l'homme qui chevauchait cette monstruosité ferraillante, très haut perché sur un siège éventré, coupa les gaz. L'engin fit un bond en avant comme s'il eût poussé son dernier soupir, et ce fut un appréciable retour au silence.

– Sacré putain de machine ! jura le conducteur. J'ai l'impression de partir en morceaux à chaque tour de roue !

Puis, jetant un coup d'œil vers Patience, il demanda :

– Où allez-vous de si bonne heure ?

– Jusqu'à Brion.

– C'est votre jour de chance, je m'y rends aussi, livrer ces quatre-là. Elles sont déjà vendues.

Dans la remorque, quatre Salers se tenaient le nez en l'air, serrées les unes contre les autres.

– Bon, eh bien ! en route, reprit le bonhomme, tout excité. Je ne suis pas en avance avec ça, cette saloperie voulait point démarrer ce matin. Grimpez là-dessus !

Il indiqua à sa passagère le bout de banquette libre à sa droite.

– Et tâchez de vous tenir, ça secoue pire que quand on a la colique !

L'homme remit sa machine en marche. Le moteur encore chaud répondit au quart de tour. Lentement d'abord, brinquebalant et pétaradant – une fumée noire s'envolait par le pot d'échappement fixé à la verticale –, le camion repartit dans un branle assourdissant à l'assaut de la première pente.

8

– De toute façon, nous ne rentrerons pas bredouilles. Déjà, nous ramènerons la Douce laissée chez les Bogelot par la patronne.

Toutin et Jean marchaient côte à côte sur la route de Brion. Devant eux, l'est s'embrasait. Le jour se dressait. La pénombre matinale découpait la pointe des arbres sur un fond de ciel phosphorescent. Sur les montagnes flottait un air éthéré.

Toutin avait délaissé ses vieilles nippes de journalier pour revêtir la blouse des maquignons, coiffer le feutre enrubanné à larges bords, enfiler les culottes de velours et chausser ses souliers de cuir. Il ne faisait aucun doute qu'il se rendait à la foire avec l'intention d'y jouer son rôle de propriétaire – le portefeuille coincé entre le cœur et la doublure –, non comme un visiteur venu tuer le temps. Toutin allait de son pas rapide. Obéissant à un balancement naturel des bras, il tirait sur ses épaules moulées par les rudes travaux et tenait fièrement sa belle face cuite par le soleil. Ses joues rasées redessinaient brutalement des pommettes hautes, un front plissé et un nez légèrement épaté. Une paire d'yeux marrons fusait à l'abri d'arcades ourlées de sourcils noirs. Le tout s'accordait avec une bouche épaisse et un menton proéminent frappé d'une petite fossette.

Jean ne parvenait pas à dissimuler son inquiétude. Dans quelques heures, il aurait à affronter le regard de Patience, et ça en serait fini de son séjour à Basson-Seul. La nouvelle connue, il devrait prendre la fuite, conspué devant un carré d'éleveurs, suivi par le regard moqueur des femmes. Sans possibilité aucune de clamer le moindre mot d'explication. Toutin, lui-même, l'étonnement passé, le renverrait sur-le-champ, de rage. Et qui sait si, nullement impressionné par son gabarit, il ne le giflerait pas, tant la déception le rendrait fou de douleur. Jean se projetait son image : éconduit, il se voyait une longue figure, la tête dans les épaules, faire demi-tour sous les injures.

– Allez, reprit Toutin joyeusement, parions que nous reviendrons précédés d'une dizaine de belles bêtes, pas moins. Qu'en dis-tu ? ... Oh ! Jean, toujours dans les nuages ? Qu'est-ce que tu as, à la fin ? Tu ne me couves pas quelque chose ?

– Non, non...

– A la bonne heure ! Le moment serait mal choisi.

Ils atteignirent le foirail sur le coup des huit heures. Attachées aux barres, les vaches se pressaient les unes contre les autres. Un taureau retenu à l'écart tirait sur sa chaîne. Un masque de cuir sur les yeux, il cherchait à encorner dans l'espace vide les odeurs de ses congénères.

Beaucoup de monde circulait. Cette première foire de l'année sonnait officiellement la reprise des travaux d'été.

Évaluant le cheptel, ils firent un tour complet des bêtes présentes à l'attache. Toutin se souvint de sa dernière visite à Brion : il avait fui le monde au pas de course, conforté son inextinguible désespoir dans le vin. Aujourd'hui, il en était tout autre. Toutin souriait, serrait des mains, se plaisait à s'attarder. Il saluait, le geste large, et se posait en homme de métier. Il se dirigea vers les éleveurs qu'il savait posséder des animaux de qualité. Jean suivait. Il écoutait son maître employer un langage précis ; soudain le patois surgissait, excluant tout individu ignorant les archaïsmes du terroir. Au cul des vaches, Toutin promenait ses doigts à l'extrémité de la colonne vertébrale, pinçait à la naissance de la queue, prenait un ou deux pas de recul et jugeait la forme des jambes, l'aspect général de l'animal. Mais aussi Toutin jouait ce jeu préétabli entre vendeurs et acheteurs de s'étonner à l'annonce des prix, de les refuser, de partir et de revenir.

Bourettes et broutards firent également l'objet de son attention. Il en fut ainsi durant plus d'une heure pour les deux hommes de passer en revue de belles bêtes. Examens rapides à la fin desquels il lâchait immanquablement : « A voir ! » ou « Non ».

Toutin aperçut Antoine Bogelot gesticulant au bout d'une haie de vaches, entouré de Minette, qui le dominait d'une tête, et d'un maquignon rougeaud portant beau, large chapeau, blouse, sabots et bâton. Le petit homme, selon son habitude, tenait la dragée haute au revendeur de bestiaux. Toutin et Jean approchèrent, jetant un œil intéressé aux bêtes de Bogelot.

Un concert de meuglements créait un immense vacarme, mêlé aux cris des hommes. Une joyeuse cacophonie. Comme les autres, la Douce patientait au bout de sa chaîne. Toutin la repéra.

– Ah ! te voilà, toi ! Alors, il était bon l'air d'Espinchal ? Il t'a bien traité, le Toine, hein ? Dis voir un peu !

La salers abandonna sa tête à la main de son maître.

– Oui, oui, là, là. Calme, ma Douce, calme...

Minette, la première, vit Toutin. Plantant les deux hommes, elle le rejoignit.

– Ah, ça ! Je m'attendais à voir la femme, pas l'homme !

– Adieu Minette, surprise, hein ! Eh oui ! c'est bien moi, mais Patience ne va point tarder, maintenant. Elle a profité d'un creux pour aller à Mareuge, sur la tombe des Guignioux. Elle nous rejoindra tantôt pour le casse-croûte.

– Vous venez reprendre votre bête ?

– Pas seulement. Pour acheter aussi.

– Vrai ?

– Parole. C'est reparti, ma belle. Vous voyez ce gaillard ?

– Pardi, si je le vois !

– Il se nomme Jean Lorlanges, et à nous deux on va relever la baraque.

– Par exemple... Antoine ! cria-t-elle. Viens donc par ici ! Allons, viens ! Laisse tomber le maquignon, il reviendra si ça lui chante.

Puis elle ajouta pour Toutin et Jean :

– Il y a une demi-heure qu'il nous fait le perroquet...

Antoine rappliqua en grommelant :

– Toujours pareil, il en veut deux pour le prix d'une. Je lui ai demandé s'il voulait aussi mes bretelles en prime ! Oh ! putain ! s'écria-t-il en apercevant son ami. Baptiste Toutin ! Et avec le costume de maître ! Ah ! pardon... Attends, laisse-moi deviner. Celui-là, c'est ton vale !

– Pas exactement.

– Sacré bon Dieu...

– Antoine ! s'indigna Minette. Tu n'es pas obligé de jurer comme un charretier !

– J'ai compris, va, poursuivit-il pour Toutin. On reprend du poil de la bête à Basson-Seul. Je n'ai pas raison ?

– Tu as raison. Tu n'es pas aussi couillon que tu en as l'air !

– Ah ! tu vois, fit observer Antoine à Minette.

– Je te présente Jean Lorlanges. Tu peux lui toucher la main, c'est grâce à lui si l'envie m'est revenue. Aussi, il ne faut pas dire mon « vale », non... Il est plus qu'un simple valet.

– Sacré... Ah ! je suis content, sais-tu, bougrement content. Bon, Minette, garde un œil sur les bêtes, nous, nous allons nous rincer un peu.

– Surtout ne te gêne pas !

– Mais, tu vois, je ne me gêne pas ! Tu voudrais peut-être que je rate une occasion pareille ?

Les trois hommes prirent le chemin du buron et levèrent le coude à la santé de Basson-Seul et de ses habitants.

Patience débarqua sur le foirail peu avant midi. Son premier travail fut de mettre la main sur Toutin, qu'elle imagina être en compagnie des Bogelot.

Une fois encore, Minette vit Patience avant tout le monde.

– La voilà ! exulta-t-elle, prenant son amie dans ses bras. Tu parles d'une trotte ! Tu dois être crevée.

– Ne m'en parle pas, je suis assise dans un camion depuis Murol, j'ai le dos en marmelade. Toutin n'est pas avec vous ?

– Si, bien sûr ! Tu vois ces six belles bêtes-là ? Elles sont à vous. Regarde, elles portent votre marque. Et il va en ramener quatre autres, à ce qu'il a dit.

– Ah...

– Toutin nous a raconté. Je suis heureuse pour vous. Ce garçon, ce Jean Lorlanges, qui vous dégringole du ciel ! Et hop ! tout repart. C'est un envoyé de la Providence, celui-là. Ton Toutin est transformé, méconnaissable. Tu vois, il ne fallait pas désespérer. Le gamin a bonne figure et, costaud comme il est, ça va ronfler à Basson-Seul. Je ne vous donne pas trois ans pour retrouver votre train d'antan... Il ne faudrait pas par exemple que vous soyez tombés sur une girouette et qu'il vous laisse choir un beau matin ! Ça, pauvre, Toutin ne le supporterait pas.

– Tu le penses ?

– Ne parle pas de malheur ! Avec les sentiments qu'il a pour lui... Que veux-tu, il a l'impression d'avoir retrouvé un fils, d'une certaine façon. Tu n'es pas de cet avis ?

– En effet. Tu dois dire vrai. Oui... un fils...

– Eh bien ! Tu as l'air toute drôle... Quelque chose ne tourne pas rond ? La fatigue ?

– Oui...

– Pardi ! Dans ce cas, je plaque les vaches et je t'accompagne ; allons nous attabler. J'en ai marre de planter le poireau depuis des heures. Les hommes nous rejoindront, ils connaissent le chemin.

Dans la cohue du buron, Minette, plus prompte, trouva une table où ils pourraient déjeuner tous les cinq. Les deux femmes prirent place au bout du banc. Patience se laissa choir, épuisée. Devant sa mine déconfite, Minette fit remarquer à son amie que les voyages à Mareuge ne semblaient guère lui réussir.

– Tu dis ?

Minette porta davantage. Le brouhaha s'emplifiait sous le plafond bas de la modeste bâtisse. Éleveurs et acheteurs se chahutaient d'une table à l'autre ; chacun voulant lancer sa pique, les voix se chevauchaient.

– Je dis : tu es pâle comme un verre de lait !

Patience s'apprêtait à confesser sa découverte lorsque, face à elle, la porte s'ouvrit, laissant passer Antoine, suivi de Toutin et Jean. D'un coup de menton, elle indiqua à Minette l'arrivée des hommes.

– Je le savais ! s'exclama Antoine. Nos femmes font la noce.

– Je pense bien, nous n'avons pas même eu le temps de passer commande.

Toutin posa une main sur l'épaule de Patience, une façon toute personnelle de la saluer, et prit place près d'elle. Jean s'installa à la gauche de son maître pour ne pas avoir à croiser le regard de sa patronne, qu'il salua discrètement.

– Une chopine ! gueula Antoine en direction d'une servante.

– Femme, commença Toutin, nous voilà propriétaires de douze belles paires de cornes. Assez jeunes pour la plupart. C'est un bon début ! Es-tu contente ?

– Ma foi...

– Elle nous revient de Mareuge un peu patraque, crut bon de préciser Minette.

– De la fatigue, voilà tout, s'empressa d'ajouter Patience. Manger me remettra.

– En septembre, poursuivit Toutin que rien ne pouvait dévier de ses pensées, nous achèterons une paire de bœufs. Un terçon et un jeunot ; je le dresserai au joug avec l'ancien. Quant à Jean, il partira le vingt-cinq avec les bêtes pour les pacages. N'est-ce pas, garçon ?

Jean acquiesça de la tête.

– Charmoisat récupèrera le lait chaque soir, ses vachers utiliseront le buron, et il nous le paiera chaque semaine jusqu'à la dévalade d'octobre. Moins le beurre et le fromage. L'accord est conclu comme ça. Qu'en dis-tu ?

Patience souleva les épaules.

– Tu connais ton affaire mieux que moi.

– Tu n'as pas l'air emballée !

– Si, si... J'espère seulement que nous n'aurons pas à pâtir d'une déconvenue. De celles qui vous coupent bras et jambes et vous laissent plus mort que vif.

– M'est avis qu'il ne peut pas nous arriver pire que ce que nous avons déjà connu. Tu ne crois pas que nous avons bouffé notre pain noir, non ?

Tenaillé par l'angoisse, Jean se tassait sur le banc.

– Parfois, il arrive que l'on en apprenne de drôles, reprit Patience.

– De drôles de quoi ?

– De vérités.

– Sacré bonsoir, il n'est point dans tes habitudes de faire des mystères, alors si tu as quelque chose à dire, dis-le !

Silence.

Jean ne fut pas long à comprendre. Patience souhaitait qu'il avoua lui-même sa faute. Dominant sa peur, il esquissa le geste de se lever. Mais, à sa grande surprise, il vit son élan coupé par Patience. Prise d'un remords soudain, elle avait changé d'avis, consciente des conséquences désastreuses qu'aurait sur Toutin l'aveu de sa découverte.

Se tournant vers son mari, elle prit ses mains et, très vite, lui déclara :

– Je voulais simplement dire que c'est trop beau pour être vrai et que... je suis inquiète...

– Inquiète, inquiète, répliqua Toutin avec humeur. Enfin, quoi, on remet la machine en marche, oui ou merde ?

– Oui, bien sûr, mais...

– Allez, je comprends, va. Avec ce que nous avons vécu... Mais, inutile de te mettre le sang à l'envers par avance, laissons venir. Maintenant, nous devons prendre la vie au jour le jour. N'est-ce pas, Toine ?

– Parbleu ! Sinon le souci aura tôt fait de vous ronger.

– Mais oui, fille, laisse-toi aller. Regarde, si j'avais dû me préoccuper de ce qui m'attendait plus tard, crois-tu que j'aurais marié Bogelot ?

La conversation roula joyeusement. Antoine et Minette, sans cesse à se chercher chicane, amusèrent la galerie. Peu à peu, Patience se détendit. La bonne méthode n'était pas de forcer Jean à se découvrir devant témoins, songeait-elle, mais de le prendre en tête à tête, et le vider de son mensonge.

– Savez-vous que notre Jean a déjà fait une conquête ? déclara Toutin, décochant un clin d'œil à Antoine. Il nous a abandonné un petit quart d'heure pour saluer une grande brune. Belle fille, ma foi...

– Un bourreau des cœurs, ce Jean, renchérit Antoine.

– La fille en question n'est autre que la bonne du curé de Dauzat, qui m'hébergea une nuit, expliqua Jean timidement. Je n'ai fait que saluer une connaissance.

Un silence lourd de sous-entendus s'ensuivit entre Toutin et les Bogelot.

Le café avalé, il fallut rentrer.

En tête du troupeau, la Douce, heureuse de regagner ses pénates, conduisait les vaches sur le chemin de leur nouvelle maison. Elles passeraient leur première nuit dans le pré du devant.

La Clermonte accueillit les nouvelles arrivantes avec la plus parfaite indifférence. C'est à peine si la présence de la Douce lui fit lever la tête. Mariole, enfermé durant l'absence de ses maîtres, piqua un galop à la vue du troupeau. Allant se montrer sous le nez des dernières arrivées, il fit connaissance de chacune. Tentative d'intimidation signifiant à ces énormes bêtes qu'elles devraient, en plus du vacher, compter avec lui.

Après la soupe, Jean prétexta un peu de fatigue et gagna sa chambre sans veiller en compagnie de ses maîtres. Si rien de ce qu'il redoutait d'entendre n'avait été dit, il ne se faisait aucune illusion quant à l'issue de son aventure. Ayant acquis la certitude que sa patronne savait une partie de la vérité, il s'endormit en songeant que ce n'était qu'une question de temps.

9

Très tôt le lendemain matin, Jean s'affaira à préparer le matériel dont il aurait besoin durant les cinq mois d'estive. En milieu d'après-midi, il se rendit au bois fendre les bûches que Toutin livrerait au buron. Empruntant un cheval, il ferait une fois par semaine l'aller-retour de la maison aux pacages pour ravitailler son vacher en bois, mais aussi en nourriture et en linge.

Le jour de la Saint-Urbain, date de la transhumance, la montée se fit sans heurt. Flanqué de Mariole qui ramenait sans cesse les bêtes en ligne, Jean marchait à l'avant, au pas du troupeau. Les drailles les menaient à la porte du buron où il rassemblerait ses vaches chaque soir, derrière les claies d'un parc qu'il changerait d'emplacement de jour en jour. Le nécessaire suivait tiré par un cheval que Toutin guidait. Les pentes trop escarpées, il marchait à ses côtés, sachant le flatter après un gros effort ; de même, lui accorder un temps de repos.

Dès la fin du chemin, le buron apparut, solidement tassé dans une pliure du plateau. D'instinct, le troupeau s'éparpillait déjà, laissé à la garde de Mariole. Des milliers d'hectares verdoyants s'étendaient à perte de vue, sans danger pour les bêtes. Jean rejoignit la charrette de Toutin. De mai à octobre, il devrait cohabiter en compagnie des buronniers de Charmoisat auxquels le maître de Basson-Seul avait concédé plus de la moitié de la surface. Toutin présenta Jean à un jeune garçon d'une douzaine d'années, le rouf, et à un vieux coiffé d'un chapeau crasseux, pieds nus dans une paire de sabots bourrés de paille, le cantalès, qui faisait ici également fonction de bédélier. Jean déchargea ses affaires et déroula sa paillasse à l'écart de la fromagerie. Le bois entassé à l'abri d'un mur, les quatre hommes trempèrent la soupe sur un petit foyer de braises. On déjeuna assis sur une pierre, au soleil de midi.

Puis Toutin reprit le chemin de la descente. L'après-midi défila chaude et silencieuse. De temps à autre, des courants d'air soudains fouettaient hommes et bêtes d'un jet frais. La nature environnante offrait ses grasses pâtures comme unique paysage, et chacun des versants comptait des vaches par centaines. Jean, immobile, écoutait. Par les cols et les sommets échancrés – tournoyant depuis le fond des cirques –, le tintement des sonnailles répercutait un hymne pastoral à toute l'étendue désertique. Ivres de bonheur, les hommes sentaient battre leurs tempes face à cette puissance née des transports terrestres les plus fous.

Le soir, la traite accomplie, les vaches parquées, les buronniers entrèrent en conversation devant une poêlée de pommes de terre mélangées à un quartier de tomme fraîche. La truffade filait entre les dents des fourchettes. Mariole, seul chien sous ce toit, reçut des uns et des autres, en plus de sa ration de soupe, un complément de nourriture. Plus tard, repu, il trouva le sommeil sur une thibaude au pied du lit de son maître.

Le temps du repos était venu.

Jean s'approcha du parc – il ne se passait pas un soir sans que les hommes, à la lumière de la lune, ne saluent la vacherie une dernière fois avant de regagner le lit –, en fit le tour, murmura le nom de chacune de ses vaches, leur souhaita bonne nuit et rentra.

Levé tôt, quelques étoiles brillaient encore, Jean s'harnachait de son éternelle capote militaire qu'il ne retirait pas avant dix heures, et, musette et parapluie à l'épaule, s'éloignait, précédant son troupeau. Mariole fermait la marche ; il ne quitterait son poste que lorsque, parvenu sur l'aire de pacage, Jean le rappellerait.

Les grands espaces dont il rêvait dès à bas de sa couche se déroulaient à ses pieds. Mai tachetait l'échine des montagnes du jaune des jonquilles – juin, bientôt, la parerait du blanc des narcisses au parfum exhalant. Dans la fraîcheur matinale, Jean mesurait l'ampleur de sa liberté. Désormais, il pouvait en jouir comme d'une grâce quotidienne. Heureux de sa solitude, il surveillait ses vaches, appuyé sur son bâton. Celles-ci paissaient en contrebas, quelque fois agacées par les taons pressentant l'orage. Dans ces moments de paix, Jean se plaisait à rassembler ses plus précieux souvenirs, parmi lesquels le doux visage de Paulin Aljabert, son ami. Le seul qu'il eût jamais eu. A cette heure, poing levé, laissait-il enfin libre cours à ses idées depuis les hauts murs des cités ? Jean n'en doutait pas. Paulin, qui ne s'accorderait plus le loisir de s'emplir le cœur des beautés et des parfums de la terre, vivrait intensément ses paroles et déciderait d'une action pour les autres. Jean admirait secrètement l'unijambiste capable d'oublier son infirmité et de combattre pour le triomphe d'un idéal. Le temps des choix venu, un monde les avait simplement séparés.

Plus agréablement, ses pensées évoquaient Dauzat-sur-Vodable. Son cœur bondissait lorsque devant lui surgissait la silhouette de Mélie. Alors, se dessinait sur fond de montagnes bleutées les contours du visage aimé. Il se voyait animer ce corps gancé de noir, oser le vêtir de blanc et l'entraîner dans une noce joyeuse dont Mélie, à son bras, était l'épousée.

Sa surprise avait été grande de l'apercevoir sur le foirail, mêlée à de madrés paysans. A la demande du curé, lui avait-elle expliqué, elle accompagnait une vieille femme. La mère Moulard souhaitait depuis longtemps se rendre à Brion pour, selon sa propre tournure, « revoir un peu de mon époque, avant que la mort ne me tire par les pieds ! ». Mélie s'était montrée à peine plus bavarde que lors de leur première rencontre. Jean, qui disposait de peu de temps, avait alors tenté le tout pour le tout, faisant comprendre à la jeune femme qu'il serait le plus heureux des hommes si elle acceptait de grimper jusqu'aux aigades fêter la Saint-Jean. Mélie avait baissé les yeux. Jamais garçon ne s'était aventuré à l'inviter avec une telle franchise ! Troublée, prise de court, elle avait alors murmuré : « Peut-être... Mais c'est si loin de Dauzat. »

Aujourd'hui, Jean espérait et comptait les jours le séparant de la fête de l'estive.

Comme chaque dimanche, Toutin arriva la carriole pleine. Après avoir salué tout le monde, le cheval dételé, il se posa sur une pierre et, content de pouvoir souffler, pendant que Jean déchargeait la nourriture et le bois, bourra sa pipe.

– La patronne n'est toujours pas du voyage ? demanda Jean.

– Non, elle n'aime guère l'escalade, tu le sais. Elle a de quoi s'occuper jusqu'à mon retour, avec le jardin.

– Quoi de neuf en bas ?

– Bah... que du vieux ! Et ici ?

– Pareil, rien de plus que la dernière fois.

Toutin conta quelques banalités, puis se tut. Assis côte à côte, les deux hommes savourèrent ce long moment de silence ensoleillé. Par beau temps, l'heure de visite dominicale passée au buron s'écoulait ainsi. Puis ils partirent jeter un coup d'œil aux vaches, revinrent sur leurs pas, évoquèrent les risques d'orage et attelèrent. Toutin repartit, menant le cheval par la bride.

Il arrivait qu'il croisât Charmoisat. Les deux éleveurs s'écartaient des vachers et discutaient. Selon leur accord, Toutin touchait son dû sur le lait et le buron. Un litre de vin sortait d'une besace et le pain frais venu d'en bas, tranché, tous réunis, casse-croûtaient. Au fil des semaines, voyant son maître débarquer avec le sourire, Jean se persuada que Patience ne lui toucherait mot de sa découverte le temps de l'estive. Ses craintes renaîtraient dès la descente, en octobre. D'ici là, libre d'esprit, il pouvait consacrer ses pensées à Mélie.

De semaine en semaine, le va-et-vient des carrioles guidées par Toutin et Charmoisat se répétait à heure régulière. Invariablement, les vachers retrouvaient leurs maîtres au seuil du buron, prenaient possession du chargement, puis, selon un rite bien établi, assis autour de la table ou dehors lorsque le temps le permettait, buvaient le vin du dimanche, mangeaient le pain, la pompe faite par la maîtresse de maison en l'honneur des hommes de la montagne, et échangeaient des nouvelles d'en bas contre des nouvelles d'en haut.

Puis venait le moment où les maîtres refermaient leurs couteaux, signifiant aux vachers qu'il était temps de reprendre la garde des bêtes, et pour eux de rentrer.

La Saint-Jean, jour le plus long de l'année, donnait lieu à une fête champêtre très attendue des hommes de l'estive. Dédiée au solstice d'été, elle trompait la monotonie du travail. Elle allégeait aussi le labeur et rompait l'isolement des bouviers. Du bas pays, amis et parenté montaient les visiter. Les plateaux accueillaient un monde rieur et bigarré. Une joyeuse ambiance régnait sur les hauteurs. Hommes et femmes, chargés de victuailles, parvenus à pied d'œuvre essoufflés, se délestaient de leur butin et s'allongeaient à même le trèfle. Les troupeaux ramenés au plus près, vachers et villageois se tombaient dans les bras pour de longues embrassées. La montagne résonnait alors d'un interminable baiser.

Jean se dandinait. L'impatience l'avait gagné dès que les premières lueurs du jour étaient apparues. « Viendra-t-elle ? », ne cessait-il de se demander.

Toutin, seul, arriva bien avant son heure habituelle, à la peine sous le soleil, le chapeau à la main. Derrière lui, suant sang et eau, la femme du buronnier de Charmoisat, une « vieille », suivie de son fils, de sa bru et de trois enfants, dont deux, grandets, rendus au sommet, s'en donnaient déjà à cœur joie, libres de tous mouvements. Puis les parents du rouf, plus jeunes, plus alertes.

– Aujourd'hui est une visite d'amitié, expliqua le maître de Basson-Seul à son vacher. Pas de cheval. Pas de femme non plus d'ailleurs, elle ne sentait pas de faire le trajet pour si peu de temps. Eh oui ! en vérité, je ne vais guère rester. Je dois me rendre chez Besse pour...

Toutin s'interrompit. Un sourire malicieux courait sur ses lèvres et tout son visage en était illuminé.

– Disons que j'ai une course urgente à faire avant quatre heures. Oui, c'est ça, une course.

Toutin se frotta les mains, heureux d'entretenir le mystère. Et appliqua une bourrade sur l'épaule de Jean, avant d'ajouter :

– Tu verras, c'est une surprise ! clama-t-il.

Jean ne chercha pas à en apprendre davantage.

– Tiens ! de la part de la patronne, ajouta Toutin.

Il sortit de sa musette une boule pliée dans une serviette de table nouée aux quatre coins, qu'il remit à Jean.

– De la brioche ! s'exclama le vacher.

– Au fromage ! Mais j'ai autre chose qui te plaira aussi.

Cette fois, Toutin sortit une lettre qu'il tendit à Jean.

– Elle est un peu chiffonnée, mais...

– Ce n'est rien.

– C'est mon tour de faire le facteur.

– Merci.

Jean prit la lettre, considéra l'enveloppe sur laquelle était mentionné très solennellement, à l'encre bleue : « Monsieur Jean Lorlanges », et la fit disparaître sous sa veste.

– Je la lirai tout à l'heure, quand je serai seul.

– Tu as le droit d'avoir des secrets, garçon... mais ne veux-tu pas savoir qui me l'a confiée ?

– Si, si... Bien sûr. Qui ?

– « Pour Jean Lorlanges, de la part de Mélie », m'a-t-elle dit. Pauvre fille, elle m'a confié être partie de Dauzat à nuit noire pour m'attendre sur le chemin. Même par les coursières, Dauzat n'est pas la porte à côté. Sans doute n'a-t-elle trouvé personne pour la conduire.

– Sans doute. Dauzat, aller-retour, n'est pas faisable à pied dans la journée.

– J'ai encore ça pour toi. Décidément, je déballe tout par petits bouts.

– Du vin !

– Comme tu vois. Du vin de fête, il poussera la brioche.

Toutin ne s'attarda pas plus d'une demi-heure. Après une rapide visite au troupeau, il salua son vacher et enfila le chemin à grandes enjambées, impatient de se rendre à son rendez-vous. Demeuré seul, Jean s'en fut rejoindre ses vaches qu'il retrouva sur le versant opposé. Alors, le dos calé à une butte, il décacheta l'enveloppe. Une écriture large et délicate s'étalait en pleins et déliés sur toute la hauteur d'une page.

Monsieur

Je ne pourrai pas vous visiter tantôt comme vous le souhaitiez, n'ayant trouvé aucune voiture pour monter ni pour descendre. Je vous imagine en haut des montagnes à me guetter sur le chemin, et j'espère que vous ne pensez rien de méchant contre moi.

Si vous n'êtes point trop fâché, nous pourrions nous voir le dernier dimanche d'octobre à l'occasion de la fête des genêts. Monsieur le curé bénit chaque année des fagots que chacun entasse sur la place du village. Cela veut dire que tout le monde aura du bois pour se chauffer durant l'hiver. Les femmes préparent des pâtisseries que l'on mange dans l'après-midi avec les enfants. La nuit tombée, on met le feu aux genêts et les jeunes gens dansent au son de l'accordéon, parfois de la vielle ou de la cabrette du père Arsène Pradier. Cela me ferait plaisir de vous retrouver ce jour-là. Si la nuit venait à vous surprendre, comme vous le savez, vous pourriez dormir au presbytère.

En attendant de vous revoir, je vous envoie toutes mes salutations et vous souhaite bonne santé, en vous renouvelant encore mes excuses.

Amélie Rouzet.

Jean replia délicatement la lettre et l'enfouit au fond de sa poche de chemise. Comment aurait-il pu être fâché ou déçu après lecture de ces mots ? Au contraire, s'il avait osé – n'était-ce pas jour de fête ? –, il aurait dansé, hurlé de joie. Quelle espèce de timidité l'en empêchait ? Dans la lettre, Jean décelait bien tout l'intérêt qu'il inspirait à Mélie, et les tournures de phrases (il en aurait mis sa main à couper) auguraient de possibles accordailles. Il avait attrapé la tête de Mariole et embrassait le chien au front, derrière les oreilles, dans l'épaisseur de la fourrure, lui confiant le prénom du sujet de ses pensées.

– Si le maître s'en doute, il n'est sûr de rien. Tu es le premier à le savoir et, pour les épousailles, promis, je te placerai à mes côtés.

Son être tout entier vibrait du nom de Mélie. Il se voyait, chaque soir, dans la chaleur des draps, rouler sur ce corps magnifique et se l'approprier jusqu'à l'épuisement. Jean aimait. Mieux encore, pour la première fois, il était aimé. La terre sous ses pieds lui rendait grâce. Enfin la parole ne créait pas le mensonge, ni l'image l'illusion. Les mots de Mélie, son visage, sa sincérité exemplaire, avaient un sens.

Du Cézalier, Jean dominait « son » monde et pouvait dire : « C'est mon sol, c'est mon ciel, c'est celui que je regarde, et mes meilleures raisons de vivre sont ici. »

S'il n'avait eu à redouter les bavardages de Patience, alors oui, sans doute, eût-il hurlé, dansé.

Le reste de la journée, Jean arpenta la montagne en chantant, sans autre but que de retrouver un peu de calme. Mais aussi parce que les chants réjouissent les animaux. Le soir – au moment où le jour rabattit son bec de casquette devant ses yeux –, lorsque les enfants eurent enjambé les braises à grands cris, quand les feux saluant les versants furent éteints, le silence redevenu maître du temps, il resta immobile sous les étoiles, cherchant encore à apercevoir le visage de sa chère Mélie dans l'immensité limpide.

Le dimanche suivant, Toutin fit une apparition remarquée, tenant sa « surprise » à la main. Ponctuel, selon son habitude, peu avant midi, il arriva avec sa carriole tirée par un autre cheval que le vieux Boulouc, ordinairement emprunté à Jacques Delarbre, des Bassons. Celui-ci avançait sans effort, la tête haute, et chacun de ses pas sonnait sur le chemin. Une abondante crinière blonde coulait souplement au bas de son encolure grise. Sa robe pommelée tressaillait à tout moment, jusqu'à sa croupe haut perchée. Le cheval finissait fort sur le plat. A sa suite, la carriole rebondissait, comme délestée de sa charge.

Jean les repéra de loin. Coupant à travers, il rattrapa l'attelage. Toutin, la main au licol, fier, arborait un large sourire.

– Alors garçon, que dis-tu de ma surprise ?

– Magnifique ! Magnifique ! ne put s'empêcher de répéter Jean, admiratif.

– Je savais qu'il te plairait. Voici Cantalou, il va sur ses trois ans. Putain, j'ai le bras en compote à force de le retenir !

– Un animal de choix !

– Tu as vu ce cou, ces épaules ! Et ce dos ! C'est une force, tu sais ! Il a avalé la pente comme un obus. Faut dire que c'est une vraie folie de ma part, mais je n'en pouvais plus de cavaler après le cheval du Jacques. Alors, ma foi, je me suis décidé.

– Il vaut la peine.

– Il vaut aussi son prix, crois-moi ! Le père Besse me l'a finalement cédé, mais en me faisant payer ses regrets.

– Sûr qu'on ne se sépare pas facilement d'un cheval pareil.

Jean s'était approché et flattait le bel animal. Toutin regardait le garçon se présenter au cheval. Il reprit la bride et dit :

– Bah, c'est égal, il est à nous maintenant. Hein, Cantalou ?

Basson-Seul s'enrichissait d'un cheval. Jean en fut heureux. Son maître grillait les étapes et, peut-être associait-il dans ses plans son garçon de ferme ! N'avait-il pas dit l'instant d'avant, à propos de Cantalou : « Il est à nous maintenant ! » Ce « nous » ne signifiait-il pas : « A toi et à moi ? » Ou bien Toutin pensait-il à Patience ? Où bien encore aux trois à la fois ? Jean aurait parié gros : son maître n'envisageait rien de l'avenir sans compter avec lui.

10

Puis il y eut cet autre dimanche. Le dernier de juillet. Un soleil insoutenable plombait les plateaux, les communaux dans leur ensemble n'étaient plus qu'un brasier ardent. La traite matinale terminée, Jean amena son troupeau à paître lentement autour d'une montagne, ainsi qu'il le faisait chaque jour. De la sorte, les vaches traçaient elles-mêmes le périmètre du pâturage au-delà duquel elles s'interdisaient d'aller. Ce jour-là, une chaleur suffocante retint les bêtes dès la fin de matinée à couvert d'une frêle hêtraie.

L'heure de midi approchait.

Juché en surplomb, Jean surveillait l'arrivée de son maître. L'attelage enfin grandit peu à peu au débouché du sommet. Il ne vit d'abord personne accroché au harnais. Sa surprise fut grande lorsqu'il reconnut Patience installée sur la banquette. Avertie à la manœuvre, elle lâchait maintenant les brides sur le plat final.

Que se passait-il en bas, pour que Toutin laissât la patronne monter seule aux pacages ? Intrigué, Jean commanda à Mariole la garde du troupeau et dévala jusqu'au buron.

Patience et Jean se saluèrent.

Selon l'habitude, le vacher – en attente d'une explication qui ne vint pas, n'osa poser la moindre question – mit à bas le chargement et dételа le cheval. Installé à l'ombre du buron, Cantalou apprécia l'eau fraîche de l'abreuvoir. Patience, restée distante jusqu'alors, s'approcha de Jean et lui proposa de se rendre sans attendre auprès du troupeau.

– Emmenons de quoi boire et manger. Là-bas, le coin ne manque pas d'arbres pour nous abriter du soleil.

Jean empoigna le panier à provisions et précéda Patience vers la hêtraie. Couchées sous la ramure, les vaches ruminaient au frais, le regard fixé sur la pelouse de nard raide, de callune fausse bruyère, à laquelle se mêlaient des genêts poilus, embellis par tout un parterre de fleurs colorées, gentianes jaunes, violettes, sudettes, œillets et centaurées.

– J'avais oublié comme une pâture peut-être belle en juillet, murmura Patience.

Mariole lui fit fête.

– En voilà au moins un à qui l'estive semble réussir, dit-elle, rendant la politesse au chien.

Jean laissa quelques secondes s'écouler avant de questionner Patience :

– Maître Toutin n'est pas malade, j'espère ?

– Non, il va bien, mais je tenais à monter. Je le faisais autrefois... de temps en temps.

Ils restèrent longtemps silencieux, assis l'un à côté de l'autre. A leurs pieds, la prairie descendait en pente douce. Patience gardait les yeux fixés sur le sud ensoleillé. Son visage s'était peu à peu crispé, ses mains, impatientes, allaient et venaient nerveusement sur ses jambes allongées. Jean la regardait. A la dérobée, il voyait le profil sévère de sa patronne, son buste et ses épaules raidis, soulevés par d'imperceptibles tressautements.

« Nous y sommes, pensa-t-il, et elle attend que je parle le premier. »

– Peut-être... avez-vous quelque chose de particulier à faire ici, aujourd'hui ? dit-il enfin d'une voix hésitante.

Patience se détourna et, sans complaisance, fixa son vacher.

– Quelque chose de particulier ! Oui, en effet. Quelque chose qui me pèse depuis trop longtemps, répondit-elle en détachant les mots. Voyez-vous, je n'ai pas pour habitude de fourrer mon nez dans les affaires des autres, cependant, sans vouloir vous offenser, je crois que vous me devez une explication : Jean... qui êtes-vous ?

Jean baissa les yeux.

– C'est... C'est une longue histoire.

– J'ai du temps. Et je suis venue pour savoir.

Jean évacua une grosse bouffée d'air, puis, d'une voix atone, commença son récit :

– Je me nomme Gaspard La Tour. Du nom du bourg où j'ai été trouvé un matin, emmitouflé dans une couverture, sur le seuil d'un fournil. Sans doute parce qu'en hiver, cet endroit est le plus chaud du village. La femme voulait me garder, paraît-il, mais le boulanger a insisté pour me déposer chez les gendarmes. Et comme ça, je suis arrivé à l'Assistance publique. J'avais trois semaines.

– Vous ne savez donc pas qui sont vos parents ?

– Non. A neuf ans, j'ai été placé chez des fermiers de Saint-Ours-les-Roches. J'étais bien. La fermière ne pouvait pas avoir d'enfant, elle me considérait comme son petit. Et puis, malheureusement, elle est morte. Alors, on m'a retiré de là pour me confier à un couple d'éleveurs de porcs, du côté de Manzat. J'allais sur mes treize ans. Mais l'un et l'autre étaient plus sales et plus méchants que leurs cochons. Aussi, quand j'ai eu quinze ans, je me suis sauvé. Ce sont les gendarmes, une fois de plus, qui m'ont ramené à l'Assistance. J'ai pu raconter mon histoire et le directeur a accepté de me placer dans une nouvelle maison. Cette fois, à la Garandie. Là, mes maîtres n'étaient ni bons ni mauvais. Plutôt indifférents. Je gardais les vaches, j'avais déjà pris goût à la vie et aux travaux de la ferme. L'avantage, aussi, était que je pouvais me rendre à l'école deux fois par semaine et, ma foi, j'ai traîné comme ça jusqu'à l'âge du service militaire.

Jean s'était levé. Appuyé à un arbre, il parlait, le regard égaré sur les crêtes lointaines. Là-bas, le Signal du Luguet dressait sa longue bosse au-dessus des autres.

– J'ai besoin des grands espaces, de la liberté que procure la montagne. J'ai besoin de sentir la terre sous mes pieds et la présence des animaux. J'ai besoin de l'amitié qu'ils donnent, sans réserve.

Puis revenant à son histoire, il ajouta :

– Et il y a eu la guerre, et là j'ai vu autre chose que la méchanceté.

– Où avez-vous recontré Joseph ?

Jean se tourna vers Patience.

– Je ne l'ai jamais rencontré.

Elle fut debout, d'un bond. Son visage accusait une légère grimace. Incapable de la moindre réaction, elle demeura figée, bouche bée.

Gêné, Jean regarda au loin un instant, puis il reprit son récit :

– Lorsque j'ai été blessé, un peu avant l'armistice, on m'a évacué du côté de Château-Thierry. A l'hôpital, j'ai sympathisé avec mon voisin de lit, un certain Jean Lorlanges, natif de Mareuge. Le pauvre gars était salement amoché, et il le savait. Plus il sentait sa vie foutre le camp, plus il s'accrochait. Il parlait, il parlait sans arrêt. Même épuisé, il parlait encore. Quand il a su que j'étais d'Auvergne, il m'a supplié de récupérer ses affaires et de les rapporter à ses parents, s'il venait à mourir. « Tu feras un petit détour, en rentrant chez toi, me disait-il. Mais, de « chez moi », j'avais pas. Bref, j'ai promis. Un matin, on l'a retrouvé mort, et en rangeant le peu qu'il avait, je suis tombé sur une lettre. Un bout de lettre, plus exactement. Tout d'abord, j'ai cru que c'était une des siennes, mais je me suis souvenu... Il m'avait raconté son amitié avec un gars de sa compagnie, Joseph Toutin, originaire d'un hameau derrière Compains. Je voyais à peu près l'endroit. Tous deux s'étaient fait promesse d'aller rendre visite aux parents s'il arrivait malheur à l'un ou à l'autre. En lisant le bout de lettre, j'ai compris qu'elle était de votre fils, et que si Lorlanges l'avait sur lui, c'était que votre fils était... Je suis resté huit mois hospitalisé. J'ai eu la chance d'être bien soigné, ma jambe ne se ressent de rien. A ma sortie, il me fallait aller chez les Lorlanges, mais je n'osai pas.

– Pourquoi ?

– J'avais l'impression qu'ils m'en voudraient de m'en être tiré, moi que personne n'attendait, qui n'aurais manqué à personne si j'étais mort. Des idées comme ça...

– C'est idiot !

– Peut-être. Mais quand on sort d'un pareil chantier, il y a des tas de choses bizarres qui vous passent par la tête. J'ai cherché du travail, et j'en ai trouvé dans la plaine, comme ouvrier agricole, chez Lantaud. Une grosse exploitation. Mais, très vite, je me suis ennuyé. Mes montagnes me manquaient. Les animaux aussi... Un an a passé avant que je me décide à donner mon congé. Finalement, j'ai repris mon histoire à zéro, et je suis parti pour Mareuge, où les Lorlanges m'ont bien accueilli.

– Vous voyez !

– Ces gens sont si pauvres qu'ils n'ont même pas de quoi se plaindre. Cela m'a rappelé ce que votre fils écrivait dans sa lettre, et j'ai alors eu l'idée de débarquer à Basson-Seul en me faisant passer pour Jean Lorlanges. Je me doutais bien que vous n'aviez pas bon moral, et que vous ne rejetteriez pas quelqu'un qui vous apportait la dernière lettre de Joseph.

Gaspard se tut. Patience resta silencieuse, elle aussi, abasourdie par ces dernières révélations. Puis elle dit :

– Ce n'est pas très beau.

– Je sais... En avez-vous parlé à maître Toutin ?

Patience fit non de la tête.

– Si vous pensez que ce n'est pas bien de ma part, reprit Gaspard, alors il faut tout lui avouer.

– La vérité le tuerait, et c'est par ça que vous nous tenez. Vous le savez, n'est-ce pas ?

– Mon intention n'était pas de vous nuire. Je voulais juste me donner l'impression de pouvoir vivre comme tout le monde, en famille.

Silence.

Puis Gaspard demanda :

– Qu'allez vous faire, maintenant ?

– Je n'en sais rien.

– Si vous souhaitez que je parte après l'estive, je partirai. J'invoquerai n'importe quel prétexte.

– Où irez-vous ?

– Le travail ne manque pas, j'ai l'habitude.

– Errer n'est pas une vie.

– Sans doute, mais quand on n'a rien d'autre... Je ne serai pas le premier ni le dernier à me louer de ferme en ferme.

– Donnez-moi un peu de temps, j'ai besoin de réfléchir. Maintenant que je connais votre histoire, je ne me sens pas mieux que lorsque je l'ignorais. Pour le moment, finissez l'estive, nous en reparlerons en octobre, après la dévalade.

Patience reprit le chemin de la vallée. Gaspard resta longtemps adossé dans l'ombre des arbres. De s'être vidé de son mensonge ne lui avait nullement apporté la paix espérée.

D'autres questions surgissaient. Quelle serait la décision de Patience ? Et surtout, comment Mélie réagirait-elle lorsqu'elle l'écouterait révéler pourquoi il avait emprunté le nom d'un mort ? Il le savait, sa décision, plus encore que celle de sa patronne, déciderait de toute sa vie. Gaspard l'avait compris dès sa première visite à Dauzat-sur-Vodable : Mélie n'était pas femme à s'en laisser conter. Accepterait-elle le nouveau venu, cet enfant de personne – ce pas grand-chose : Gaspard La Tour et son premier mensonge ?

Plus que jamais, il regrettait l'absence d'un père, d'une mère. Jusque-là, Gaspard n'avait eu à déplorer ce manque cruel que lorsque, confronté à son injuste condition d'enfant seul, il n'avait pu trouver refuge auprès de l'un ou de l'autre. Il se souvenait : chaque soir, dans sa petite enfance, à l'heure où les ombres dansent dans les antichambres du néant, il laissait son imagination vagabonder à la recherche de visages d'hommes et de femmes. Une fois débusqués, il mettait de tendres noms sur ces traits et s'endormait sous les caresses maternelles. Fanchon, Amélie, Jeanne, Germaine, Marie – toutes séchèrent au moins une fois ses larmes de leurs lèvres chaudes – l'avaient longtemps bercé, soir après soir. Aujourd'hui, n'importe qui eût fait l'affaire, et il eût à cet instant remercié de misérables parents de lui avoir légué une identité. Cent fois il eût préféré présenter au monde le plus cupide des hommes, la plus méprisable des femmes, disant : « Voici, ce sont mes parents », plutôt que de se retrouver dans l'obligation de raconter son abandon au seuil d'un fournil de boulanger, et de justifier l'inévitable dérive qu'entraîne un tel crime vers des rêves chimériques.

Patience pourrait-elle comprendre l'absolu nécessité d'un enfant devenu adulte, sans repère affectif, à vouloir posséder des parents ? A défaut, de porter son choix sur un homme et une femme – que la vie place sur la route – entre lesquels il aurait aimé naître et grandir ?

Dans le soir grandissant, Gaspard en vint à penser que, si le cœur de Mélie battait au même rythme que le sien, alors il triompherait peut-être de la fatalité.

Gaspard devint soucieux, ombrageux. Il avait beau y penser, la lettre de Mélie n'opérait plus. Son bon caractère s'étiola au fur et à mesure qu'approcha l'échéance du retour. Englué dans un profond mutisme, il ne prit part à la conversation des deux autres vachers que du bout des lèvres. Son visage ne se barra plus d'un franc sourire, comme hier à tout propos. Mariole, délaissé, aurait pu se plaindre du manque d'attention de son jeune maître, mais le chien semblait comprendre son embarras. Docilement, il s'asseyait ou se couchait près de lui, toujours un œil à la traîne, l'assurant de sa présence.

Les vaches parquées, la vie au buron se poursuivit vaille que vaille. Le plus souvent dans un complet silence. Une forte odeur de lait caillé empestait l'habitation aux dimensions restreintes. Le caveau, autrefois aménagé pour abriter les fourmes, recelait aujourd'hui des fromages de saint-nectaire en attente d'affinage. Seuls les veaux à l'étable, où ils rentraient chaque soir – impatients de la nuit –, animaient les fins de journée de quelques meuglements capricieux.

Allongé sur son matelas de paille, Gaspard comptait les jours le séparant de la descente et regrettait qu'ils ne fussent pas plus nombreux.

11

L'estive se prolongea au rythme des troupeaux. La chaleur d'août fit place à la fraîcheur de septembre, aux incertitudes du ciel. Peu à peu le soleil rétrécit sa course. Des pluies fines vinrent par intermittence battre les plateaux. Gaspard avait enfilé une limousine et surveillait ses vaches coiffé de son large parapluie.

A Basson-Seul, Toutin s'activait. Étables et écuries remises en état, il s'employa à engranger le foin nécessaire pour la durée de l'hiver. « Nous garderons huit vaches, ce n'est pas si mal. Quatre partiront à la foire d'octobre », répétait-il.

Patience était revenue des pâturages ne sachant plus sur quel pied danser. Elle savait Toutin au comble du bonheur. Le travail accompli ces temps-ci, l'achat du cheval, du fourrage, ses projets, sa constante bonne humeur prouvaient son plein engagement dans ses retrouvailles avec la vie. Lui avouer la supercherie de son « valet », en qui il plaçait toute sa confiance, c'était prendre le risque de le voir retourner à ses divagations suicidaires.

Cependant, Patience ne pouvait admettre vivre le reste de son existence complice du mensonge. La tromperie de Gaspard l'accablait, et sa raison lui dictait de le renvoyer purement et simplement, bien qu'elle se doutât ne pouvoir y parvenir sans l'assentiment de Toutin. Cette histoire d'enfant abandonné une nuit d'hiver la tiraillait tout autant. Petit bout d'homme, sans parents, ni même un nom véritable. Au plus profond de son être, Patience sentait battre son cœur de mère qui, bien des fois, l'avait portée à la compassion. Lui revenaient en mémoire ses « faiblesses » d'antan, lorsque Jean-Marie et Joseph accouraient se blottir dans ses bras, cherchant à lui extirper un improbable pardon. Gaspard n'était pas un de ses fils, mais aujourd'hui, après avoir cru toucher au but, lasse de lutter contre ses propres élans, Patience se comparait à cet arbre sans fruits, désormais devenu inutile, que l'on abat dans sa pleine maturité. Parler était se condamner à finir seuls d'interminables années et assister à la lente dégradation de Basson-Seul. Se taire signifiait gagner la présence quotidienne d'un Gaspard reconnaissant.

Alors Patience eut une idée qui, si elle se révélait bonne, assurerait la pérennité de sa maison.

La soupe avalée, comme de coutume, ils se retrouvèrent, Toutin et elle, au coin de l'âtre. Basson-Seul somnolait à l'heure où toute forme de vie disparaît sous un quartier de lune.

Patience cherchait à se lancer, sur le point d'ouvrir la bouche, hésitait, reculait. Elle aurait aimé que Toutin amenât la conversation sur Gaspard, mais à ce moment, perdu dans ses rêveries de reconquêtes, elle ne pouvait y compter.

– Comment vois-tu les choses pour lui ? finit-elle par dire.

– Qui, lui ?

– Gas... Jean, pardi !

– Ma foi... C'est un bon gars, et pas fainéant, tu as pu le voir. Faut pas se le cacher, grâce à lui j'ai retrouvé le goût du travail.

– Tu l'aimes bien, pas vrai ?

– Il est jeune... Souvent, j'ai l'impression d'avoir eu un troisième fils.

– J'ai compris, va. Que dirais-tu d'en faire notre légataire, et de le marier ?

– Tu y penses sérieusement ?

– Mais oui. Réfléchis, que deviendra Basson-Seul, à notre mort ? Y as-tu songé ? A part les cousins de Bagnols que l'on ne voit jamais, qui de toute façon ont déjà ce qu'il faut, nous n'avons personne. Sauf... Jean. Alors, pourquoi pas lui, puisqu'il te plaît tant ?

– C'est un fait, Jean me plaît. Avec ce garçon, j'ai l'impression d'être quelqu'un de nouveau. Et je m'entends bien avec. Il est docile, aimable...

Toutin prit un temps, puis ajouta :

– Ton idée n'est pas mauvaise, j'y réfléchirai. Mais de là à le marier !

– Tout de même, il a vingt-cinq ans !

– Tu penses à cette fille de Dauzat, Mélie ?

– Non. A la petite Bogelot, figure-toi. Bonnes gens, son salaud de magasinier l'a laissée tomber.

– Ah !

– Eh oui... Pauvre gamine, sitôt accouchée, le monsieur a tourné les talons. N'osant rentrer chez les siens, elle est allée à Clermont se placer chez Vieillard, le chocolatier de la rue Pascal. Elle élève sa petite toute seule. Si Jean la mariait, on aurait à la fois un fils, une bru et une petite-fille. Sans compter que d'autres enfants suivraient sûrement !

– Tout ça, c'est bien beau, mais il faudrait que Jean soit d'accord.

– Il le sera, répondit Patience sans lever les yeux de ses aiguillées. Je me charge de lui parler, si tu veux bien, ajouta-t-elle.

– Du moment que je ne suis pas obligé de courir chez le notaire signer les papiers, et si Jean marche dans la combine... ça me va.

– Les démarches, la paperasse, je m'en charge. Mais, un jour ou l'autre, tu devras tout de même signer.

Aux premières neiges d'octobre, l'immensité blanche du Cézalier se referma lentement sur les plateaux et les hommes. Certes, les vaches se rendirent toujours aux pâturages, mais elles ne manquèrent pas bientôt de manifester leur intention de vouloir regagner la vallée. Elles se déplacèrent moins volontiers, mangèrent moins, se couchèrent. Les pâtures revêtaient maintenant l'allure de ces murs desquamés que l'humidité dégrade par plaques à l'intérieur des bâtiments ouverts aux quatre vents. La mélancolie gagnait subrepticement les plateaux, et les vaches, bien avant les hommes, sentaient l'approche de l'interminable saison froide.

Toutin monta une ultime fois enlever sa part de fromage et empocher son argent de Charmoisat. Puis il chargea les affaires de Gaspard et, le 13 courant, jour de la Saint-Guiral, les troupeaux entreprirent la descente tant attendue. Les sonnailles tintèrent longtemps depuis le matin sur les chemins. Les plateaux se vidaient. Comme après l'ouverture d'une digue, de chaque versant les animaux convergeaient en un flot étiré vers les points les plus encaissés. La saison pastorale – l'estive – prenait fin, accompagnée de légers flocons que l'écir, fidèle au rendez-vous, faisait voltiger au-dessus des têtes.

Les vaches retrouvèrent les étables en fin d'après-midi. Gaspard s'écarta et les douze salers, guidées par les deux anciennes, choisirent une place devant les crèches. Toutin passa à chacune une chaîne autour du cou et, avec l'aide de Patience, entreprit la traite. Quand le lait fut livré au hameau des Bassons, chez Jacques Delarbre, chargé de collecter pour le compte d'une laiterie, la patronne invita les deux hommes à boire un verre de vin.

Déjà Toutin faisait part de ses projets : « Au printemps, le moment venu de labourer... » Gaspard n'écoutait pas, préoccupé par l'attitude de Patience, qu'il surveillait du coin de l'œil. Non, elle n'avait pas parlé. Dans le cas contraire, son maître ne se serait pas montré aussi affable ; connaissant son caractère, il le savait capable d'asséner la vérité sans détour. Que mijotait donc Patience, qui souriait et s'adressait à lui comme si elle n'était au courant de rien ?

– Mais pour ça, il nous faudra une paire de bœufs..., poursuivait Toutin. En dessous de la hêtraie, la terre devrait donner ce qu'on attend d'elle.

Mariole retrouva ses habitudes. Après la soupe, il se coucha devant l'âtre et prit plaisir à regarder vivre la maisonnée. Toutin continuait à parler travail. Bien qu'il l'entreprît un peu tard, le jardin avait correctement rendu. A l'autre bout de la table, Patience préparait une pompe de blé noir pour le dîner.

– Je pense que l'on pourra ressortir les bêtes quelques jours, expliqua encore Toutin. Cette neige ne tiendra pas, les vaches pourront paître devant.

– De toute façon, tant que la Rosine n'est pas passée, on peut dire qu'il y aura encore du beau temps, ajouta Patience.

– Qui est la Rosine ? demanda Gaspard.

– C'est vrai, tu ne la connais pas ! C'est notre baromètre, précisa Toutin en riant. La brave femme fait le colporteur avec le Loule, son âne. Elle passe deux fois l'an. Une fois par beau temps, avant la transhumance, et une autre fois en automne. Un sacré numéro, la Rosine ! En voilà une qui n'a pas sa langue dans sa poche et qui ne crache pas sur la bouteille ! Heureusement, l'âne connaît le chemin du retour.

– Il n'y a pas plus arrangeante qu'elle, toujours prête à laisser sa marchandise avec une bonne ristourne. Nous, les femmes, nous ne nous plaignons pas de ses petits cadeaux.

– A propos, reprit Toutin, nous vendrons quatre vaches le 19, à Brion. J'espère dans les six cents francs chacune, et de suite après tu recevras tes gages. Ça te convient, garçon ?

– Ça me convient.

En effet, cette première neige ne tint pas. Octobre balaya le ciel dès le lendemain, laissant au soleil une large place d'un bout à l'autre du jour. Les vaches purent paître non loin de la maison. Patience et Gaspard se partagèrent la garde des bêtes jusqu'au soir, où elles retrouvaient l'étable.

Le matin du 19, quatre d'entre elles, séparées du troupeau dès deux heures du matin, reçurent des soins particuliers. Entièrement lavées à grande eau, savonnées, rincées, séchées et brossées plusieurs fois à rebrousse-poil, elles se prêtèrent volontiers au frottement de l'étrille sur les flancs et les cuisses. La queue débarrassée de tout poil rebelle, les hommes en peignèrent l'extrémité, obtenant un plumeau clair et volumineux. Restaient les cornes – à ne pas négliger –, que Gaspard frotta avec un papier abrasif, puis lustra en passant un chiffon imbibé de graisse.

Apprêtées, les vaches furent lancées sur le chemin de Brion à la suite des deux hommes. Cantalou, attelé pour la circonstance, véhiculait Patience, perchée sur la carriole. La patronne de Basson-Seul fermait la marche, abritée de la rosée matinale sous un large parapluie.

La nuit s'effilochait, découvrant à la verticale une aube moutonneuse. Au lointain, par petites touches, des rayures luminescentes striaient un ciel bas. Ce temps passable promettait de tenir.

Le foirail se remplissait.

Bêtes et hommes mêlés menaient grand tapage. Des taureaux isolés à l'attache, serrés de près par de jeunes garçons de quatorze et quinze ans, faisaient l'objet de discussions animées entre éleveurs et maquignons. Les transactions avaient commencé.

Comme convenu à la foire d'août, les Bogelot et les Toutin se retrouvèrent près du premier des trois burons. Le temps d'attacher Cantalou à l'écart, et Patience put embrasser Minette et Antoine auxquels s'était joint Paul, le plus jeune de leurs fils. Déjà, Gaspard jetait un coup d'œil aux alentours, cherchant à apercevoir la haute silhouette de Mélie. « Sait-on jamais ! », pensait-il.

Les toutchadous, gamins engagés à la journée par de gros éleveurs, conduisaient les troupeaux de la ferme au foirail et jouaient de l'aiguillon le moment venu de présenter une bête à un acheteur. Piqué à droite et à gauche, l'animal exécutait des petits pas de côté, et l'éventuel preneur pouvait en étudier la morphologie. Après moult palpations de la tête aux pieds, vérification de la denture, idem de l'échine et des cornes, il en proposait une somme, régulièrement en deçà de sa valeur. La discussion était engagée. Elle s'éternisait souvent, parfois interrompue et reprise une demi-heure plus tard. Les deux partis, enfin d'accord, se tapaient réciproquement dans les mains. Bien rare si la vente n'était pas définitivement scellée à table devant un verre de vin. Là, les gros billets passaient rapidement d'une poche à une autre. Certains maquignons, pour tromper les acheteurs, s'abstenaient de traire une vache allaitante afin de la montrer à son avantage. Un pis bien plein faisait croire à ses exceptionnelles qualités de laitière, et la vache était parfois surpayée.

– Tu voudrais pas, des fois, que je te la donne avec sa ration de foin ? s'énervait Antoine Bogelot devant un acquéreur.

– Mais, bon Dieu, regarde-là, ta vache ! Tu as vu ses cuisses ? On dirait une grenouille prête à bondir !

– Et alors, de quoi tu te plains, si en plus elle sait nager ! Tu m'emmerdes à la fin ! Va plutôt chercher un aquarium, si tu veux l'emmener !

Plus calmement, à quelques mètres de là, Toutin débattait avec un gaillard en chapeau et blouse. Celui-ci, roué au métier d'acheteur, faisait valser son bâton d'une vache à l'autre, énumérant plus souvent les défauts, omettant les qualités. Certes, après examen, l'homme reconnut la bonne santé des vaches bien engraissées, mais il prétextait leur jeune âge pour en faire baisser le prix. Finalement, deux d'entre elles furent payées plus du double de leur prix d'achat. Toutin fut satisfait. L'homme fit jaillir un portefeuille bourré de billets et régla le montant sur-le-champ. Puis, à l'aide de petits ciseaux, il tailla ses initiales dans le poil, à hauteur des croupes, signifiant par là que, désormais, elles étaient sa propriété.

– Ça s'arrose ! gueula Antoine.

– Ah ! première vente, premier verre ! Va devant, j'arrive.

Tourné vers Gaspard, Toutin ajouta :

– Garçon, chose promise, chose due. Voici tes gages pour cinq mois de travail.

Gaspard empocha son argent.

– Merci bien.

– Merci de rien, tu vaux mieux que ça. Dis-moi, je dois savoir, maintenant que l'estive est terminée... vas-tu partir ou vas-tu rester ?

– Je ne demande pas mieux que de rester.

– Ah ! putain, tu me fais plaisir, garçon. Viens t'en jeter un avec le Toine. Ça te plaît, alors, la vie à Basson-Seul ?

– Oui... J'y suis bien.

– J'ai comme dans l'idée que tu pourrais y demeurer un bout de temps... On en reparlera. Allez, laisse les vaches, aujourd'hui il n'y a point de vent, pas de danger de les voir s'envoler ! Paul ! lança-t-il au fils Bogelot. Si tu vois ma femme et ta mère, dis-leur de nous rejoindre.

– Comptez sur moi !

Toutin et Gaspard se rendirent au buron.

– Jean, que dirais-tu d'une bonne soupe ?

– Elle serait la bienvenue.

Les deux femmes faisaient les cent pas au-delà du foirail.

– Excuse-moi, fille, mais je n'ai pas le cœur à rire.

– Je comprends, Minette. A ta place, je ne l'aurais guère non plus.

Patience avait pris son amie par le bras, prête à accueillir ses confidences. Minette Bogelot traînait sa contrariété. Sa triste figure trahissait son embarras. Les malheurs de Mauricette jetaient l'opprobre sur une famille jusqu'alors irréprochable. Mais ce dont Minette se souciait le plus, c'était de savoir sa fille abandonnée à elle-même, exposée aux dangers quotidiens de la grande cité.

– Tu imagines, toi, ma pauvre gamine toute seule, dans cette ville, avec une petiote de six mois sur les bras !

– Antoine devrait aller la chercher et la ramener, de gré ou de force.

– Penses-tu, elle est plus têtue que le sabot d'un âne ! Elle ne veut rien savoir. Elle a peur que les gens parlent derrière nous. Comprends-tu ?

– Bah ! qu'elle soit là ou pas, les gens parleront tout de même. Décidément, rien ne tourne rond sur cette Terre ! Vous êtes allés la voir ?

– Pardi ! C'est toute une expédition. Elle habite un minuscule coin, rue de l'Abbé-Girard... Si tu voyais la petite Lucienne, fondante comme de la brioche.

– Et son frère ?

– Mon Dieu ! Fernand s'occupe bien un peu d'elle, mais un frère ne remplace pas un homme à demeure.

– Non, bien sûr. Ce salaud d'engrosseur n'a pas donné signe de vie depuis tout ce temps ?

– Non... Surtout ne t'en ouvre à personne !

– Folle, à qui veux-tu, à part Toutin ?

– L'histoire ferait le tour du canton à la vitesse d'une mauvaise odeur. On piaille tellement pour un oui ou pour un non, par chez nous.

– Tu sais, il y a peut-être une solution.

– Ah ?

– Je dis bien : peut-être !

– Dis toujours.

– Jean...

– Votre valet ?

– Oui. Que dirais-tu, s'il mariait Mauricette ? Il ne possède rien, mais Toutin est prêt à lui faire une belle dot.

– Vraiment, tu crois que...

– Attends, ne t'emballe pas. D'abord, je vais t'en apprendre une belle, à son sujet. Mais attention, tu dois me jurer le secret, comme moi je l'ai fait pour toi. Sinon, ce serait une catastrophe. Toutin, lui même, ne sait rien de ce que je vais te raconter. C'est dire !

– Je ne sais pas ce que je vais entendre, mais laisse-moi trouver une pierre pour poser mon derrière, comme ça, si je tombe dessus, ce sera de moins haut.

Aux alentours de midi, Toutin, toujours flanqué d'Antoine et de Gaspard, arrosa la vente de sa troisième vache. Trois quarts d'heure plus tard, la quatrième partit, emmenée par un éleveur de la commune de Chastraix. Libre de ses mouvements, Gaspard s'en alla ravitailler Cantalou en eau et en foin, puis retourna auprès de Toutin en compagnie des Bogelot. Sur neuf vaches présentées, Antoine en comptait sept vendues, qui lui laissaient un confortable profit.

– Mais je ne vais pas brader les deux dernières, histoire de repartir les mains dans les poches. Ça non ! Je les ramène, voilà tout. Allez, on ferme la boutique, et je vous invite à boire l'apéritif avant de casser la graine, proposa Antoine.

Minette se planta devant son homme, poings sur les hanches.

– Je ne suis peut-être pas bien maligne, lui dit-elle yeux dans les yeux, mais j'ai l'impression, rien qu'à sentir ton haleine de phoque, que tu as déjà été largement servi en apéritifs !

– Vois-tu, ma chère femme, il y a dans la vie des petits plaisirs dont il ne faut point se priver.

Le déjeuner se déroula calmement. Antoine, préoccupé par la situation de Mauricette, ne plaisanta pas selon son habitude. Chacun fit un commentaire sur le déroulement de la foire, mais aucun sujet ne permit à personne, comme par le passé, de rire de bon cœur. A la dérobée, Minette toisait Gaspard, et, le sachant enrichi par Toutin, voyait en lui un gendre parfaitement acceptable. « D'ailleurs, songeait-elle, il n'est plus temps de se montrer difficile. »

Le moment venu de se séparer, les deux femmes promirent de se revoir rapidement. Les Bogelot reprirent la route d'Espinchal en poussant leurs deux vaches rescapées. Les Toutin se laissèrent emporter, confortablement installés à l'arrière de la carriole, Gaspard faisant office de cocher.

Ce fut au cours d'une des journées de la semaine suivante que Gaspard, seul avec son maître, lui demanda la permission de s'absenter le dernier dimanche du mois.

– C'est-à-dire le prochain ?

– Oui, d'ici à quatre jours.

– Je n'y vois aucun inconvénient, garçon. Tu as bien mérité de te reposer. Tu vas à Mareuge, auprès de tes parents ? Il doivent se languir de toi, après cinq mois sans nouvelles.

– Non, je... je vais à Dauzat.

– Ah ! je vois. Mélie ? A propos...

– Oui ?

– Eh bien ! tu devrais peut-être attendre un peu avant de t'emballer. Après tout, tu ne la connais pas plus que ça !

– Vous avez raison, mais quelque chose me dit que c'est elle et pas une autre.

– Si je te comprends, rien ne pourrait te faire changer d'avis !

– Rien, ni personne. A part Mélie elle-même.

– Bah, quand j'ai demandé la patronne en mariage, je pensais comme toi. Tu as raison, prends du bon temps. Souvent, si on savait ce que la vie nous réserve, on calculerait moins... Veux-tu prendre Cantalou pour aller à Dauzat ?

– Merci, mais non. Vous m'indiquerez les coursières. En partant de bonne heure, j'y serai à temps. Il est possible que, le soir, je dorme chez le curé et ne rentre que le lendemain dans la matinée.

– Accordé, garçon. Amuse-toi.

Gaspard passa une semaine difficile. Patience tardait à lui faire part de sa décision, et l'idée d'aller à la rencontre de Mélie l'impressionnait. Son « histoire » désormais résonnait à ses oreilles comme un impardonnable mensonge. C'est seulement lorsqu'elle apprit le départ de Gaspard pour Dauzat que Patience décida de lui parler. Toutin étant parti pour le hameau des Bassons rendre visite au père Norbert, alité depuis une semaine, elle se précipita au grand-pré, où Gaspard, ce jour-là, gardait les vaches.

Mariole ayant donné l'alerte, Gaspard la vit venir de loin. Tout d'abord cueilli par cette arrivée inopinée, il sentit sa gorge s'assécher, mais sut se ressaisir, décidé à ne pas s'exposer en coupable dans l'attente d'une sentence. Gaspard tira ses épaules en arrière, redressa la tête et, cherchant à se donner une contenance, s'appuya sur son bâton planté entre ses jambes.

– Je vous vois soucieux, dit-elle.

– Je le suis.

– Eh bien ! ne vous mettez plus martel en tête.

– Vous... Vous ne direz rien au maître ?

– Pas un mot.

– Merci madame. Merci du fond du cœur.

Gaspard avait emprisonné les mains de Patience et lui décochait un sourire d'enfant timide auquel on vient d'offrir le cadeau qu'il souhaitait en secret.

– Ne vous réjouissez pas trop vite, quand même. Je ne dirai rien, en effet, mais à une condition.

– Ce que vous voudrez !

– Nous allons voir : Mauricette Bogelot a besoin d'un mari, ce sera vous.

– Moi ?

– Vous.

– Pourquoi ?

– Elle est mère d'une petite fille de six mois, que le père a abandonnée. Vous voyez, ce genre de salaud court toujours. Mais à présent, qui voudra de Mauricette pour femme ? La honte s'est abattue sur une famille qui ne le mérite pas. Une fois leur fille mariée, les Bogelot n'auront plus à rougir de rien. Et si on sait tenir notre langue, les uns et les autres, nous pourrons même laisser croire que la petite est de vous. Puisqu'elle portera votre nom.

– Mais...

– Je sais, ça peut paraître malhonnête, mais Minette est mon amie et je veux l'aider.

Gaspard recula de quelques pas, les bras ballants, bouche bée.

– Ce n'est pas tout. Toutin et moi sommes d'accord pour faire de vous notre unique héritier. Ce qui revient à dire que, lorsque nous ne serons plus de ce monde, vous deviendrez le maître de Basson-Seul.

– Comme si j'étais votre fils ! s'exclama Gaspard.

– Tout pareillement. Il fallait que vous le sachiez avant de vous rendre à Dauzat après-demain. Vous aurez de quoi dire à cette jeune femme.

Patience reprit sa respiration, surprise d'avoir débité le tout sur un ton agressif, face à ce grand gaillard qui se révélait finalement démuni de toute riposte. Elle avait atteint son but ; cherchant à faire mal, par vengeance.

Plus calmement, elle ajouta :

– Nous en reparlerons tous les trois à votre retour, lundi.

– Comme si j'étais votre fils !... Ne cessait de répéter Gaspard.

– Un famille, une maison, n'est-ce pas ce dont vous rêviez ? Ils ne sont sûrement pas nombreux les gars de votre condition à pouvoir se vanter de trouver pareil lot dans la corbeille de mariage !

Déjà Patience s'éloignait.

Soudain, se sentant faible, Gaspard chercha un point d'appui. Famille, maison, maître de Basson-Seul, fils, héritier, autant de mots inespérés bourdonnaient dans sa tête, se choquaient joyeusement et l'entraînaient dans un déséquilibre exaltant. Mais d'autres qui s'ajoutaient : condition, abandonnée, honte, Mauricette, chantage, mariage, semblables à des coups lâchement assénés, venaient s'immiscer et détruire le fol espoir. Mélie, enfin, inévitablement, lui apparut, qu'il vit rire, se détourner puis disparaître. Gaspard frissonna. Une compote de mots, de formules et de noms lui laissait la tête plus douloureuse qu'une fièvre. Comme s'il avait eu à suivre un enterrement, il entreprit de marcher aux limites du pré, incapable de raisonner.

12

Le surlendemain, jour de départ pour Dauzat, Gaspard se mit en route à nuit noire. Octobre se glaçait et le vent était du voyage. Sous sa capote de gros drap, il avait revêtu un costume de velours ayant appartenu à Joseph, plus grand que son frère aîné. Patience avait défait l'ourlet du pantalon et l'ensemble lui donnait beaucoup d'allure. La tête coiffée d'un bonnet, les pieds chaussés de souliers de cuir lacés haut sur les chevilles, également récupérés dans les affaires de Joseph, Gaspard s'éloigna de Basson-Seul par des chemins étroits et inconnus que l'automne rendait glissants à chaque pas. L'herbe couchée et jaunie mourait lentement sous les feuilles pourpres. Des scories de glace – naissantes aux frimas – émergeaient joliment du brouillard, suspendues aux branches des arbres. La veille, Toutin avait très sérieusement tracé l'itinéraire que Gaspard s'efforçait de suivre dans le petit jour. A certains endroits restés en retrait du soleil, la première neige faisait couche aux abords de sylves impénétrables. Et le courant d'air, plus vif dans l'ombre, l'obligeait à se hâter vers un passage exposé en pleine lumière. Comme chaque jour, en milieu de matinée, de pâles rayons pointèrent timidement ; ils disparaîtraient dès le début de l'après-midi sans avoir complètement dissipé les brumes.

Au fur et à mesure que ses pas le rapprochaient des premières maisons, Gaspard sentait sa gorge se nouer.

Parvenu à Dauzat, il se réfugia sans attendre dans l'église, certain de pouvoir se reposer à l'abri des regards. Le village silencieux – c'était l'heure de passer à table – ne présentait pas le moindre signe des festivités annoncées. Gaspard le regretta. Il s'attendait à découvrir des façades pavoisées de plumets et de guirlandes de papiers multicolores, comme il avait eu l'occasion d'en voir lors de son passage à Issoire. Il n'en était rien, et sa déception fut grande devant une telle sobriété.

Son premier geste, une fois assis, fut de nettoyer d'un coup de mouchoir trempé dans l'eau du baptistère ses souliers maculés de boue, puis de sortir de l'une de ses poches, roulé à même une feuille de journal, un morceau de lard coincé entre deux tranches de pain. Si d'aventure son séjour devait se prolonger jusqu'au soir, il calcula qu'il possédait suffisamment d'argent pour dédommager le curé d'un bon repas, d'un lit et d'une soupe le lundi matin. Pour le moment, muni de son couteau, il faisait durer le plaisir, dégustant par petites bouchées. Son frugal repas achevé, malgré le froid confiné sous les vieilles arcades romanes, calé au dossier du banc, Gaspard s'endormit.

Une heure plus tard, des cris d'enfants jouant sous le porche du parvis le tirèrent de son sommeil. Sans doute, les genêts s'amoncelaient-ils déjà devant le calvaire. Passablement engourdi, Gaspard se redressa et gagna la sortie où il dut se frayer un chemin entre une dizaine d'enfants. Lentement, il descendit la pente débouchant sur la place et se mêla à la foule grandissante. Les enfants menaient grand bruit. Laissés libre de tous mouvements, ils circulaient à la barbe des vieux accrochés à une canne et des mères les bras chargés de marmots en bas âge. Les jeunes, les plus dégourdis, prêts à bondir aux premières notes de l'accordéon, occupaient déjà l'espace réservé aux danseurs. Au pied de la croix, des hommes et des femmes entassaient des genêts secs, et en conservaient d'autres pour les jeter au fur et à mesure dans le foyer. Gaspard cherchait à apercevoir Mélie. Il se percha en haut d'une marche, sans résultat. Il entreprit alors de refaire un tour en sens inverse, comptant sur le hasard qui les mettrait nez à nez. En vain. Il remonta ensuite la rue principale en direction du presbytère, dans l'espoir de se faire voir de Mélie. Quelques allers et retours devant les fenêtres de la maison ne donnèrent rien non plus. Il s'apprêtait à regagner le centre du village lorsqu'il s'entendit interpeller. Le curé de Dauzat arrivait en rebondissant d'un pied sur l'autre. Sa bonne bouille rouge disparaissait derrière un cache-nez noué sous le menton.

– Par exemple ! s'écria-t-il. Jean Lorlanges ! Voilà une bonne surprise ! Venez-vous à notre petite fête ?

– Oui... J'ai un bon souvenir de votre maison, alors...

– Bien, bien. Dormirez-vous au presbytère ?

– Ma foi... Si vous n'y voyez pas d'inconvénient. Retourner ce soir me paraît impossible, à moins de marcher une partie de la nuit.

– Parfait, nous pourrons parler un peu.

– Vous semblez vous porter à merveille, curé.

– A merveille, c'est le mot. Vivre au grand air dans la paix de notre Seigneur a ceci de particulier qu'il rend joyeux en permanence.

– Et goûter son vin ?

– Aussi. A condition de ne pas en abuser, je ne vois, sur un plan purement théologique, aucune contre-indication.

– Je pensais croiser votre servante, parmi tout ce monde.

– Elle aide Mme Croquelon à fabriquer des pâtisseries que nous dégusterons tout à l'heure. Figurez-vous que la brave petite, dès hier, a préparé un coq au vin pour le dîner de ce soir. La voyant faire, je lui fis la remarque qu'un si gros coq pour elle et moi était un peu exagéré. Savez-vous ce qu'elle me répondit ?

– Euh... Non.

– « C'est au cas ou nous aurions des invités de dernière minute ! » Je vous demande un peu, qui pourrait bien débarquer à l'improviste ! Notez, le geste est tout de même charitable, n'est-ce pas ?

Le petit homme le regardait par en dessous, la tête légèrement inclinée de côté. Gaspard vit bien le sourire malicieux se dessiner sur la bouille ronde.

– Quoi qu'il en soit, reprit le curé, vous êtes là et vous en profiterez. Nous dévorerons ce gallinacé comme il se doit ; j'ai déjà prévu pour l'accompagner un petit chanturgue.

– Je ne doute pas que nous mangions bien ce soir... Curé, j'ai a vous parler, ajouta Gaspard après un temps. J'ai besoin d'un conseil.

– Tout de suite ?

– Le plus tôt sera le mieux.

– De quel ordre, ce conseil ?

– Ordre ? J'en sais fichtre rien ! Un conseil, voilà tout. Disons que j'ai des choses sur le cœur que vous êtes le seul à pouvoir entendre.

– Dans le secret de la confession ! Vous souhaitez vous confesser ? N'est-ce pas ?

– Pas exactement, non. Enfin... oui, ça ressemble à une confession. Vous avez de ces mots, vous autres curés.

– Ah ! il faudrait savoir. Si je suis le seul à pouvoir

entendre ce que vous avez à dire, c'est donc que vous comptez sur le secret lié à la confession !

– Admettons. Mais j'aimerais qu'après m'avoir écouté, vous me disiez ce que je dois faire.

– Dire cinq *Je vous salue Marie* et cinq *Notre Père* : c'est le tarif, dit le curé en souriant.

– Ce n'est pas ce que je vous demande.

– Suivez-moi.

Les deux hommes se rendirent à l'église où, dans la tranquillité de la sacristie, le curé baisa l'étole qu'il se passa autour du cou. Puis, il demanda à Gaspard de s'agenouiller derrière la grille du confessionnal.

Gaspard tenta bien de protester.

– Sachez, l'interrompit le rusé serviteur de Dieu, que c'est le curé qui va vous entendre, de sorte que, lorsque nous sortirons de l'isoloir, l'homme qui n'a pas à connaître vos secrets ne pourra porter le moindre jugement. N'est-ce pas ainsi que vous l'entendez ?

Il traça le signe de la croix dans l'espace, psalmodia quelques formules latines et tendit l'oreille.

– Je vous écoute.

Comme il l'avait fait avec Patience Toutin, Gaspard raconta son histoire : sa naissance, son enfance, sa jeunesse, sa guerre et l'identité usurpée, sa tromperie auprès de ses maîtres. Puis en vint à la proposition d'héritage faite par ces derniers, et les conditions de mariage imposées, qu'il croyait devoir accepter au détriment même de son bonheur.

Gaspard se tut. Le curé releva la tête, ne posa aucune question. Appuyé à la paroi du confessionnal, il laissa un long silence s'installer. De dehors leur parvenaient les cris étouffés des enfants et de grosses voix d'hommes et de femmes heureux de s'amuser un peu.

– Vous me réclamiez un conseil, hélas ! je n'en ai pas, dit enfin le curé. Que pourrais-je bien conseiller à quelqu'un dont le principal souci est de choisir entre deux merveilleux destins, si ce n'est de choisir celui qui le rendra le plus heureux ? Car, dans votre cas, la question est là, mon jeune ami : le choix du bonheur. Et nul autre que vous ne sait où se trouve votre bonheur. Ne cherchez pas la réponse dans mes yeux, ni même dans les pierres de cette église : elle ne s'y trouve pas. Elle est en vous, dans votre cœur. Interrogez-le et laissez-le parler, lui vous sera de bon conseil. Vous n'êtes pas fatigué, à la fin, de souffrir ?

Gaspard eut un sourire misérable.

– Bien, allons-y maintenant, tout le monde doit se demander où je suis passé, reprit le curé, abandonnant son étole au confessionnal. Croyez bien que je regrette de ne pouvoir vous aider davantage, mais je ne suis pas de ces gens d'Église qui fourrent leur nez dans les affaires de chacun.

Au sortir de l'édifice, le petit homme retint Gaspard par la manche.

– Regardez-les, lui dit-il. Ils sont nombreux à venir me trouver et à m'avouer des « choses », comme vous dites, que seul un curé peut entendre en confession ; sinon, ils garderaient ça pour eux, et certains pourraient en crever. En parler les soulage et leur permet de repartir blanchi jusqu'à la prochaine. Mais combien sont-ils à faire le choix de la rédemption ? ... Pour ces gaillards, la fête des genêts constitue un prétexe à danser, à boire, à manger. Ivres morts, il se pourrait même qu'ils se battent. Pour moi, elle est le symbole de la purification de l'âme par le feu. Vous les voyez déposer chacun un petit fagot, mais pas un ne songe qu'il dépose une part de lui même afin de participer à un grand tout avec les autres. Leur esprit simple vagabonde bien au-delà de toute notion d'amour. Le leur dire ! Peine perdue. J'ai essayé, ils m'ont regardé comme si je débarquais de la Lune avec une queue de cheval à la place de ma tonsure ! Vous voyez, je ne suis pas de ceux qui tiennent de grands discours, je parle avec les mots simples des hommes, parce que je vis parmi eux. Prenez la peine de réfléchir et vous n'aurez aucune difficulté à choisir votre vie.

Gaspard le regarda s'éloigner et commencer à serrer quelques mains.

Cherchant à la ronde, il finit par découvrir Mélie, coincée entre le mur d'une façade et une longue planche posée sur deux tréteaux. Installée derrière ce comptoir de fortune surchargé de pâtisseries en tous genres, elle attisait la gourmandise des enfants, s'efforçant de couper les brioches, les gâteaux aux châtaignes et les pompes aux pommes en parts égales. A l'autre bout, la mère Croquelon remplissait des verres de café. Quelques habitants des hameaux voisins s'étaient joints aux gens de Dauzat, un fagot en bandoulière, certains une bouteille de gnôle dans la besace.

Gaspard se planta parmi le monde et observa Mélie à la dérobée. Avec la plus parfaite complaisance, la jeune femme servait volontiers petits et grands, sans se départir jamais d'un sourire qu'il ne lui connaissait pas. Une fois encore, il admira le beau visage sombre et la longue silhouette. Elle ne portait aucune coiffe et ses cheveux que rien ne retenait valsaient sur sa nuque et ses épaules. Sa robe noire l'amincissait, l'allongeait davantage. Tombant sur ses bras, un châle en laine damassé, noué sur sa poitrine, se terminait en pointe à la cambrure des reins. Gaspard songea à la ressemblance de Mélie avec ces longilignes Romaines peintes sur le flanc d'opalines aperçues à la vitrine d'un marchand de porcelaines d'Issoire. Il aurait aimé pouvoir à cet instant la comparer à Mauricette, qui lui déplairait sûrement. Sans doute moins élancée, plus ronde, plus boulotte malgré la taille haute de sa mère. Mais Patience ne lui avait rien dit du physique de la fille Bogelot, tant il est vrai que dans ce genre de marché il importait peu. Bien vite, il chassa de ses pensées l'image de l'inconnue et se décida à franchir les quelques mètres qui le séparaient de Mélie. Près du comptoir, comme le faisaient les enfants, il tendit la main.

C'est à cet instant que Gaspard fit son choix.

Plus que l'interminable réflexion à laquelle il se livrait depuis la proposition de Patience, c'est son sourire, le fait de l'approcher, de sa grande beauté, de croiser son regard au moment ou il sentit sa main effleurer la sienne lorsqu'elle y déposa la part de gâteau, et de lire dans ses yeux tout le bonheur qu'elle portait en elle, que Gaspard sut désormais sur quel pied il danserait.

– Je suis contente de vous revoir, lâcha-t-elle à mi-voix.

– J'aimerais vous parler, Mélie.

– Bientôt il n'y aura plus rien à servir, je serai libre.

Une petite heure s'étira avant qu'elle puisse le rejoindre. Il eut tout loisir de ressasser les deux hypothèses qui encombraient son esprit. La première, que Mélie pardonne à ce garçon un peu fou d'avoir menti, et ils partiraient – Gaspard en était persuadé – vers un bonheur éclatant, à jamais unis. La deuxième, qu'après avoir écouté son histoire, percevant un homme sans scrupules, elle le repousserait. Devenu l'héritier désigné d'un vaste domaine, il s'en retournerait se plier aux exigences de ses maîtres.

Gaspard se fendit d'un petit rire : le choix changeait de camp.

– Que diriez-vous de me faire visiter le patelin ? proposa Gaspard.

– La balade sera de courte durée.

Ils quittèrent la cohue pour remonter en direction de l'église. Sur les bas-côtés, des hommes s'essayaient au jeu de quilles. Quelques-uns, intrigués de voir la servante du curé sortir du village accompagnée d'un étranger, se lancèrent des clins d'œil amusés.

– Doit avoir le caractère mieux fait que la figure, le gars, pour chasser pareille femelle !

– Dis, c'est une belle pièce, cette Mélie !

– Ça, comparé à ta fille, la Fernande, avec sa gueule en forme d'histoire drôle !

– Tu peux parler, toi. J'ai entendu dire que ta Léontine serait exposée à la prochaine foire !

– Si ça pouvait être vrai ! Et qu'un directeur de ménagerie me l'achète !

Un grand rire secoua les joueurs, mais ni Mélie ni Gaspard ne se retournèrent.

– A notre première rencontre, j'étais très impressionné, je croyais que vous étiez de ces femmes qui ne parlent pas aux gens de passage.

– J'étais vexée, par votre faute.

– Mais comment ?

– En me donnant du « madame » long comme le bras, vous m'enleviez mes dernières illusions. Moi qui croyais avoir gardé mon allure de jeune fille...

– Il ne faut pas m'en vouloir, Mélie. Je suis timide, par conséquent maladroit.

– N'en parlons plus. Dites-moi plutôt ce que vous attendez de moi.

– Vous au moins, vous êtes quelqu'un de direct.

– Je n'ai plus rien d'une gamine, et il ne me reste qu'une tante, sœur de mon père, à Queuille, le village où j'ai vécu. Une vieille femme un peu folle à laquelle je ne dois aucun compte. C'est donc à moi qu'il faut parler.

– Je n'ai personne non plus, pas même une vieille tante.

– Assistance publique ?

– Oui, cela vous ennuie ?

– Pas le moins. Lancez-vous, racontez-moi un peu qui vous êtes, « monsieur » Lorlanges.

– Justement... Jean Lorlanges n'est pas mon véritable nom. Mais, mieux vaut commencer par le début. Après, il est possible que vous ne vouliez plus me voir. Cependant, je vous dois la vérité.

Mélie désigna un muret de pierres sèches à la limite du village. Elle s'y installa, les mains posées à plat sur les genoux. Gaspard eut un bref regard vers elle, puis commença son récit, traçant de la pointe du soulier un demi-cercle dans le gravier.

Lorsqu'il eut terminé, il écarta les bras, s'abandonnant au verdict de Mélie.

– Voilà, vous savez tout de moi..., marmonna-t-il en conclusion.

Mélie se racla la gorge et réajusta son châle.

– Je vous remercie de votre franchise, dit-elle les yeux baissés vers le sol. Venez vous asseoir. Puisque nous en sommes au grand déballage, à mon tour de parler.

– Vous ne m'en voulez pas... d'avoir menti ? Moi qui m'en faisais tout un monde ! Moi qui...

– Non, je ne vous en veux pas. La vie ne vous a guère servi, vous n'avez fait que vous débattre. Et puis, je ne suis pas non plus exactement la fille que vous vous imaginez. Comme vous, je porte un nom qui ne m'appartient pas. Rouzet est le nom de feu mon mari, mort à la guerre, comme tant d'autres. En réalité, je me nomme Amélie Chauriat. Mariée à vingt-quatre ans, veuve trois mois plus tard, j'en ai aujourd'hui vingt-huit. Quand je vous dis que je n'ai plus rien d'une gamine et que je ne dois de comptes à personne, c'est à mon expérience que je fais allusion.

– Amélie Rouzet ou Chauriat ne change rien pour moi. Votre veuvage explique donc vos habits noirs ?

– Le noir force au respect et s'accommode de toutes les situations. Surtout à une femme au service des autres.

– Mélie... vous voulez bien de moi ?

– Oui. Ne me demandez pas pourquoi, je ne le sais pas. Pas encore. Simplement, quelque chose me dit que je dois dire oui. C'est ainsi. Sans doute me plaisez-vous assez.

– Savoir pourquoi n'est pas le principal. Si on devait toujours expliquer pourquoi on aime...

– En me prenant pour femme, vous perdez beaucoup.

– Mais je vous gagne. Au diable Basson-Seul !

– Cela ne vous choque pas que je ne sois plus fille ?

Gaspard partit d'un grand éclat de rire. Emprisonnant les mains de Mélie dans ses grosses pattes, il dit à son tour :

– Croyez-vous que je sois encore garçon ?

La nuit couvait à la pointe des toits. Lentement, ils revinrent sur leurs pas. A la faveur de l'ombre, Gaspard espérait un baiser de Mélie. Les genêts ne tarderaient pas à flamber, et il se disait qu'il saurait trouver l'occasion, d'ici le dîner, de l'attirer dans un recoin éloigné de la danse des flammes. Désormais, il portait un regard neuf sur l'avenir avec, à ses côtés, une Mélie arrachée à sa mélancolie, prête elle aussi à reconsidérer les règles du bonheur.

– Nous voici fiancés, pour ainsi dire !

– En tout cas, promis l'un à l'autre.

– Gaspard et Amélie La Tour, ça ne sonne pas si mal.

– Je ne nous vois guère mariés qu'après l'hiver.

Gaspard eut un geste désespéré.

– Huit longs mois à rêver de vous, à condition que la cérémonie ait lieu en juillet !

– Qu'allez-vous faire, une fois rentré à Basson-Seul ?

– Tout dire aux Toutin, entasser mes frusques dans mon sac et partir pour Clermont. En ville, le travail ne doit pas manquer, j'irai m'embaucher à l'usine. Au printemps, dès que les routes le permettront, je reviendrai ; j'aurai une bague de fiançailles que je vous passerai au doigt. Nous déciderons alors d'une date de mariage. J'ai dit juillet, mais pourquoi pas mai ou juin ! Nous nous installerons sûrement en ville, dans une de ces maisons empilées les unes sur les autres, si vous n'y voyez pas d'inconvénient.

– J'irai où vous irez. Les montagnes ne vont-elles pas vous manquer ?

– Si, sûrement. Mais vous saurez me les faire oublier.

13

Arsène Pradier avait pris place sur une table, prêt à déployer son accordéon. Déjà les jeunes accouraient, faisant cercle autour de lui. Le curé, également juché sur une chaise, rassembla son monde pour une courte homélie. La plupart des hommes et des femmes s'agenouillèrent lorsqu'il demanda à tous de réciter le *Notre Père* à haute voix.

– Pour une fois, s'empressa-t-il d'ajouter, durant quelques secondes nous serons ensemble.

Puis, ayant donné sa bénédiction, il fit signe à un homme d'allumer le brasier. Et garçons et filles se regroupèrent pour la première danse.

Durant plus d'une heure, il y aurait bal.

Une colonne de flammes léchait les voûtes de la nuit. Le foyer crépitait, de minuscules particules incandescentes voltigeaient, entraînées dans une spirale de chaleur. Les enfants avaient entamé une ronde joyeuse, sur leurs bouilles rougies les torsades du feu dessinaient des masques fugitifs et tremblotants. En retrait, les parents se tenaient heureux de les voir rire. Aux pieds d'Arsène Pradier, leurs aînés tournaient bourrée sur bourrée. Face à face, les danseurs levaient bras et jambes en cadence, pivotaient gracieusement et laissaient échapper des petits cris modulés. Filles et garçons s'amusaient.

Sept heures sonnèrent au clocher.

– Ce soir, les gens mangeront exceptionnellement tard, glissa Mélie à l'oreille de Gaspard, qui n'arrivait pas à décider la jeune femme à danser. Voyez, les plus vieilles commencent à s'en aller, elles vont préparer le dîner pendant que leurs filles restent encore un peu. Mais, d'ici une heure, les couples attraperont les enfants et ils rentreront s'attabler.

– La fête sera finie. Je ne suis pas près d'oublier cette journée.

– Je ne l'oublierai pas non plus.

Gaspard était heureux. Mélie souriait comme il l'avait vue sourire quelques heures plus tôt, lorsqu'elle servait les pâtisseries aux enfants. Il aurait aimé à cet instant la couvrir de ces mots d'amour qu'il n'avait à ce jour jamais prononcés, la presser contre lui et encore pétrir cette chair désirable.

Mélie sentit le garçon sur le point de céder à ses élans.

– Moi aussi, je vais rentrer préparer le dîner. Dès que vous verrez monsieur le curé s'en retourner, emboîtez-lui le pas.

– Je vous raccompagne.

Gaspard glissa son bras sous celui de Mélie et l'enleva à la foule, avant même qu'elle ne puisse protester.

– Si on nous voit !

– La belle affaire ! Les gens verront deux amoureux.

– Vous allez faire des jaloux : vous réussissez là où quelques-uns ont échoué.

– Ils ne vous méritaient pas.

– Vous semblez bien sûr de vous.

– Pas plus que ça, je suis amoureux, voilà tout.

Sur le chemin, Gaspard repéra le battant entrebâillé d'une double porte. Ouvert, il donnait accès à une vaste buanderie où s'entassaient divers outils.

– Venez, dit-il, prenant Mélie par la taille. Allons célébrer nos fiançailles comme le font tous les amoureux de la terre.

Il l'appuya contre un pilier de bois noyé dans l'ombre. L'attirant à lui avec une infinie délicatesse, il embrassa son front avant de baisoter ses lèvres. Elle voulut alors lui dire qu'il ne devait pas, qu'elle ne saurait rendre le baiser qu'il était en droit d'espérer, mais déjà Gaspard pressait sa bouche sur la sienne. Mélie subit ce premier assaut sans broncher – de glace –, puis, comme si elle cherchait à exprimer un regret, se dégagea.

– Excusez-moi, souffla-t-elle, agrippée aux poignets de Gaspard, mais je...

Mélie s'écarta et se prit le visage à deux mains.

– Je ne connais pas le poids d'une caresse, je ne connais pas le goût d'un baiser, mes mains sont maladroites et mes lèvres sont sèches... La vérité est que je ne sais rien de l'amour.

– Mais... ne m'avez-vous pas dit avoir été mariée ?

– Je ne vous ai pas menti. Mais j'ai été prise plus que je ne me suis donnée, pour le seul plaisir d'un pauvre garçon qui partait à la guerre, et qui ne m'a rien appris. Et ce corps que je cache enfermé sous ces habits reste muet au langage de l'amour.

– Ne vous croyez pas obligée de vous justifier, tout cela viendra avec...

– Si, il le faut. Vous devez savoir. Vous aviez peur de mon jugement en venant m'avouer votre mensonge, et moi, j'ai simplement peur d'être ridicule. Lorsque mon mari a fait sa demande, il y avait trois ans qu'il me tournait autour. Finalement, j'ai cédé après la mort de mon père. Je ne voulais pas me retrouver seule avec une vieille femme à demi folle. Mais, aujourd'hui, la solitude ne m'effraie plus. Aussi, je comprendrais très bien que vous repreniez votre parole. Un homme a besoin d'une vraie femme, qui, en plus de travailler dans sa maison, élève ses enfants et prend plaisir à le rejoindre au lit.

– Vous ne désirez pas d'enfants ? Jamais ?

– Je crois... Je crois que le noir me va mieux que le blanc, je crois...

– Il ne faut pas renoncer, Mélie. Tout le monde a peur de quelque chose. De toute façon, à moins que vous ne me chassiez, je n'ai pas l'intention de reprendre ma parole.

– Je ne vous chasserai pas, mais vous devrez vous montrer patient.

– Je vous aime assez pour vous le promettre. J'ai appris la patience dans les pires conditions. Ça ne s'oublie pas. La peur m'a rendu malade plus d'une fois, ce que j'ai vu était plus laid à voir qu'une mauvaise vie, et toujours je me suis juré que, si je m'en sortais, je courrais me jeter dans les bras du bonheur. Mélie, je ne sais pas de quoi sera fait demain, mais je sais qu'aujourd'hui je suis le plus heureux des hommes.

– Vous avez beaucoup souffert...

– Plus qu'il n'est permis. J'ai passé quatre ans en enfer ; en plus de la laideur et de la mort, j'ai connu la peur, le froid, la faim, la soif et l'attente interminable au milieu de jeunes corps sans vie.

Gaspard marchait de long en large. Il avait enfoui ses mains dans ses poches et regardait droit devant lui.

– Nous étions six ce jour-là, reprit-il à voix basse, à un âge où l'on a encore peur du noir des caves et des recoins, envoyés en reconnaissance un matin très tôt. Cela se passait dans un petit bois en avant de nos lignes. Le jour se levait, il pleuvait, nous étions gelés. Le brouillard nous cachait de l'ennemi, on se croyait tranquilles. Et puis tout à coup, ça s'est mis à tomber de partout : les sifflements, les explosions, les arbres déchirés, éclatés, des gerbes immenses de terre se soulevaient, impossible d'avancer ou de reculer. Et ce bruit, toujours ce bruit, ces sifflements... La peur nous avait empoignés ; pris de panique, on s'est mis à gueuler, comme des enfants. A mes côtés, mes amis, un à un, tombaient, tombaient. Je me suis senti soulevé de terre et projeté au sol. J'étais dans l'impossibité de bouger, ma jambe me faisait mal, mon sang remplissait mon godillot, alors j'ai attendu. Enfin, je crois, parce que j'ai perdu connaissance. Lorsque je me suis réveillé, j'étais dans une charrette tirée par un cheval, on m'évacuait à l'arrière. J'avais très mal. Quelqu'un m'a dit : « Veinard, pour toi la guerre est finie ! » Je l'aurais embrassé. Ce jour-là, j'ai fait la promesse d'être heureux coûte que coûte. Vous aussi, Mélie, vous devez vous le promettre. Le bonheur commence comme ça.

Mélie laissa reposer sa tête contre la poitrine de Gaspard. Il referma sa main sur la jolie nuque blanche, et tous deux demeurèrent un moment plantés dans le silence. Puis il prit son bras.

– Venez, je vous ramène.

Ils croisèrent des hommes et des femmes, des connaissances, dont Mélie ne se soucia pas.

– Demain, tout le bourg saura que la bonne du curé fréquente un gars qui n'est pas de chez nous.

– Surtout, il ne faudra pas les contredire. Comment êtes-vous arrivée à Dauzat ?

– J'ai hérité de la maison de mon père, lui-même la tenait de ma mère native du village. A sa mort, j'avais trois ans, mon père est parti vivre à Queuille. Forcément, je l'ai suivi. Je suis revenue afin de régler la succession. Mais la maison, en mauvais état, nécessitait des réparations qui dépassaient deux fois son prix. N'ayant pas l'argent, je l'ai vendue. Monsieur le curé m'a proposé de me prendre à son service, j'ai dit oui. Il y aura quatre ans bientôt.

Mélie regagna la cuisine du presbytère. Gaspard retrouva le centre du village qui se vidait peu à peu. Il ne restait que quelques fagots à jeter dans le feu. Le brave curé s'entretenait avec un groupe de vieilles femmes retranchées derrière des épaisseurs de laine, et Arsène Pradier, descendu de son perchoir, entamait un tour de place entre la croix et l'abreuvoir, entraînant à sa suite filles et garçons rescapés dans une tortueuse farandole.

N'ayant personne à qui parler, Gaspard traîna un peu près du feu avant d'être rejoint par le curé. Le petit homme dodelinait de la tête. Plus que jamais étranglée par le col de Celluloïd, elle semblait à chaque instant vouloir se séparer des épaules et s'en aller rouler au sol.

– Avez-vous passé une agréable journée ? questionna-t-il avec une petite pointe d'ironie.

– La meilleure qui soit.

– On m'a rapporté que Mélie vous a fait les honneurs des alentours !

– Les alentours, c'est vite dit. Mais il est vrai que nous nous sommes promenés un peu.

– Que lui avez-vous raconté pour l'apprivoiser aussi rapidement ?

– Je lui ai simplement demandé de me faire visiter le pays.

– Elle est décidément très étrange... Aucun garçon du village n'a pu l'approcher à moins de cinq mètres sans se voir houspiller. Vous, vous arrivez, et la voilà qui vous prend sous son aile au vu et au su de chacun. Savez-vous qu'elle n'est pas sourde du tout ! «Je ne vous réponds pas toujours, pour la bonne raison que je sais parfaitement ce que je dois faire ! », m'a-t-elle dit l'autre jour. Avouez qu'elle est déroutante !

Gaspard se retint d'éclater de rire.

– Certes, elle ne semble pas manquer de caractère. A propos, curé, mon choix est fait !

– A la bonne heure. Et êtes-vous sûr de n'en point changer ?

– Il n'y a pas de danger !

– Bien, et quel est-il ?

– Attendez que nous soyons attablés devant le coq et vous le saurez.

– Alors ne perdons plus une minute ! Il est largement l'heure.

Se retournant, il salua son monde, serra la main du responsable du feu, puis entraîna Gaspard vers le presbytère.

– A quelle heure partez-vous, demain ?

– Pas avant la pointe du jour. Maintenat que mon choix est fait, je ne suis plus pressé.

Le parfum du coq au vin de chanturgue embaumait cuisine et salle à manger. Dès la porte poussée, le curé se frotta les mains à l'idée de faire bonne chère.

– Voyez, le couvert est déjà dressé. Je vais de suite mettre le vin à chambrer, dit-il d'un ton gourmand, s'enfonçant dans la cuisine. Mélie, sachez-le, il n'est de maître queux capable de réaliser pareil chef-d'œuvre de l'art culinaire. Ce digne roi de basse-cour mariné dans son vin est une ode, que dis-je, un hymne à la gloire du genre humain.

– Attendez de le goûter avant de jouer l'orateur.

– Bah ! l'arôme parle pour le goût.

Mélie avait allumé un feu dans la cheminée. La salle s'apprêtait à résonner, durant de longs mois, des bruits de pas sur les dalles, du crépitement des flammes et du tic-tac de l'horloge. Installés devant l'âtre, les deux hommes trinquèrent à l'amitié.

– Rien de tel qu'un peu de gentiane pour raviver les sensations engourdies et ouvrir l'appétit ! déclara le curé, levant son verre.

Tourné vers la cuisine, il lança :

– Mélie, vous êtes servie !

Ils commencèrent par une tarte au bleu d'Auvergne qui souleva l'enthousiasme. Les premiers verres de chanturgue – parfaite association – réjouirent les gosiers et délièrent les langues. La fête fut commentée, et on rit à certains passages. En la circonstance, Mélie tenait sa place à table, pour la plus grande joie de Gaspard.

– Un jour comme celui-ci, la servante est en vacances, commenta le curé.

– Mais pas la cuisinière ! répliqua Mélie, un brin malicieuse.

Le coq fut dans les assiettes.

On s'extasia. On plongea sa mie de pain dans la sauce. On mangea blancs et cuisses. On but et on retourna au plat. Le curé se leva baiser sa servante sur le front et prononça des paroles immortelles :

– Dieu, que la vie est douce à celui qui choisit d'en profiter !

Puis, s'adressant à Gaspard, il demanda :

– Est-ce le bon moment pour parler ?

Gaspard essuya ses lèvres et descendit son verre. Cessant de se trémousser sur sa chaise, il dit enfin :

– Curé, mon choix est là, devant vous.

– Voulez-vous dire ? ...

Le curé s'interrompit, montrant sa servante du doigt.

– Mélie, précisa Gaspard.

– Mélie ? ... L'autre personne dont vous faisiez état était Mélie !

– Tout juste. Nous nous sommes confiés nos secrets, elle sait tout de moi, je sais tout d'elle et nous allons nous marier.

– Doux Jésus ! Ce que raconte ce garçon est-il exact, ma chère enfant ?

– Oui, monsieur le curé, nous voici promis l'un à l'autre.

Stupéfait, le petit homme frappa dans ses mains et regarda tour à tour les deux jeunes gens.

– Ça par exemple ! Petite, servez-moi un peu de vin, mais sans coq, que je me reprenne. Alors votre amour est né là, sous mon nez, et je ne me suis rendu compte de rien ! Évidemment, Mélie est une fort jolie personne, vous même ne manquez pas de charme, elle est courageuse, vous l'êtes également, elle fait admirablement la cuisine, ce coq le prouve, et tient une maison comme personne...

– Excusez-moi, curé, intervint Gaspard, mais, même si vous trouviez à redire, sachez que ça ne changerait pas grand-chose au résultat, nous nous serions mariés tôt ou tard.

Le curé leva les bras au ciel.

– Et ils ont aussi mauvais caractère l'un que l'autre ! Décidément, vous étiez faits pour vous renconter. Ainsi Gaspard, vous renoncez à hériter du domaine de vos maîtres !

– Oui, je renonce.

– Vous êtes au courant de son histoire, monsieur le curé ? se permit Mélie, surprise.

– Parfaitement, il m'a tout avoué en confession.

– J'en suis bien heureuse, cela prouve sa franchise.

– Bien, si vous voilà décidés, il ne me reste plus qu'à vous souhaiter tout le bonheur que vous méritez et à regretter de perdre une personne de qualité.

– Vous n'aurez aucun mal à me remplacer. Vous êtes très apprécié, ici.

– Oh ! je trouverai certainement. Mais une vieille fille plus bigote que moi, une pipelette fourrant son nez partout, faisant le ménage à l'à-peu-près. Les candidates ne vont pas manquer : je suis, aux dires de beaucoup, si brave homme...

– Ah ! curé, aujourd'hui la tristesse n'a pas de raison d'être !

– Vous avez mille fois raison, jeune homme.

– D'autant que je ne vous quitterai pas avant l'été, ajouta Mélie.

– Alors... buvons. Une telle union ne peut se fêter autrement que le verre à la main.

Au matin, le curé partit dire sa messe de six heures. Mélie servit la soupe à Gaspard.

– Vous voyez, nous sommes seuls, lui fit-il remarquer, comme mari et femme pour ainsi dire, chez nous. La journée commence, je mange et, dans un instant, je vais vous embrasser et partir travailler.

– Oui, c'est ainsi que ça se passera.

– Donnez-moi vos mains.

Mélie consentit. Ses mains offertes aux lèvres de Gaspard, elle inclina sa tête et ferma les yeux.

– Quand partez-vous ? demanda t-elle.

– Dès le retour du curé. Je ne veux pas partir sans le saluer.

– Repasserez-vous par ici pour vous rendre à Clermont ?

– Oui, rien qu'à l'idée de vous quitter je m'ennuie déjà. J'irai prendre le train à Issoire.

– Vous allez faire deux malheureux.

– Vous songez aux Toutin ! Je ne peux rien pour eux. C'est avec vous que j'envisage ma vie, pas à Basson-Seul sans vous, et moins encore avec la fille Bogelot. Je reconnais qu'en venant ici, je ne savais pas, tout dépendait de votre réponse. Mais, aujourd'hui, je sais.

– En êtes-vous sûr ?

– Bon Dieu, oui ! Aucun doute là-dessus. Je sais.

Gaspard s'était levé – soudain inquiet – et arpentait la cuisine de la table à la fenêtre.

– Mélie !

– Oui !

– Je me demande si ce n'est pas de vous que vous doutez ?

– La vérité est que je ne doute ni de vous ni de moi, seulement je voudrais être certaine que vous ne regretterez pas votre choix.

– Pas un jour, pas une minute ! Jamais ! Vous entendez ? Douter reviendrait à être fou, et je ne le suis pas. Ah ! Mélie, vous verrez combien j'ai raison... Mais voilà le curé... Dommage, j'allais vous prendre dans mes bras.

– Il vous faudra attendre encore.

Le petit homme arriva à bout de souffle. Il se débarrassa de sa pèlerine, de son béret, fit glisser son écharpe le long de sa nuque et vint s'asseoir à table.

– Alors, mes enfants, bien dormi ?

– Comme un loir.

– Vous m'en voyez ravi. Je ne m'arrête qu'un instant, une urgence, rien de très drôle, hélas.

Penché à l'oreille du curé, Gaspard marmonna :

– Comment était le vin de corent, ce matin ?

– Malheureusement trop frais, par ce temps...

– Pourquoi riez-vous, tous les deux ? demanda Mélie.

– Nous nous faisions des confidences, chère petite, qui ne vous regardent pas.

– Si vous parlez de votre vin de messe, laissez-moi vous dire que c'est une bêtise de le laisser toutes les nuits dans cette glacière qu'est la sacristie. Vous devriez le rapporter chaque soir, il serait plus agréable à boire le lendemain.

Gaspard et le curé éclatèrent de rire.

– Quand je pense que je l'ai crue sourde pendant des années !

Son petit déjeuner avalé, le curé s'équipa de nouveau et s'apprêta à quitter le presbytère.

– Encore un peu de soupe, monsieur le curé ? proposa Mélie. Vous n'avez pratiquement rien pris !

– Non, non, petite. J'ai promis de faire vite. Je me rattraperai à midi. Le père Jacquelin a passé une fort mauvaise nuit, d'après sa belle-fille, aussi je file lui rendre visite avec les huiles. On ne sait jamais.

Il tendit sa main à Gaspard.

– Mon cher garçon, faites bonne route et revenez-nous vite.

– Comptez sur moi. A tantôt, curé !

– A votre prochaine visite, faites-moi penser de vous entretenir sur ma façon de distiller mes prunes et mes poires. Le sujet ne manque pas d'intérêt et...

– Allez, vite, monsieur le curé, sinon vous arriverez après l'enterrement de ce pauvre père Jacquelin, professa Mélie.

Gaspard regarda le petit homme s'éloigner vers le haut du village en dodelinant de la tête. Le jour était là, maussade, gris et froid. Il songea que, dans quelques minutes, les chemins l'emporteraient à son tour loin de Mélie et de son bonheur.

– Quel type, votre curé...

Mélie se contenta de sourire.

– Bon... Je crois qu'il est temps aussi pour moi de partir...

Pendant qu'il enfilait sa capote, Mélie s'éclipsa à la cuisine et en revint avec quelques provisions qu'elle fourra dans la besace de Gaspard.

– Pour le voyage, dit-elle.

Puis, tournée vers la fenêtre, elle ajouta :

– La pluie n'est pas loin, vous allez tremper votre beau costume.

– Il aura le temps de sécher, suspendu à son cintre.

Mélie n'avait pas entendu la remarque. Portée par une émotion incontrôlée, elle s'était précipité au cou de Gaspard et avait déposé un baiser sur ses lèvres. Puis elle recula de trois pas et croisa ses mains sur sa poitrine, comme prise en faute.

– Mélie...

– Chut... Maintenant partez vite et ne tardez pas à revenir.

– Promis !

Gaspard sortit éberlué, goûtant encore le baiser de Mélie. « Une bouche de soie, sucrée comme l'amour. Je vous aime et, bientôt, vous m'aimerez aussi », songea-t-il, attaquant la première pente.

14

Basson-Seul lui apparut en milieu d'après-midi. Le jour déclinait et déjà les bâtiments disparaissaient, confondus sous une épaisse guimpe de brouillard.

Gaspard regretta le mauvais temps ; il aurait aimé voir Mariole venir à sa rencontre au grand galop. Par la fenêtre s'effilochait le faible éclairage de la lampe à pétrole. Il s'arrêta, comme chaque fois qu'il parvenait à cet endroit, et imagina l'âtre flamber, le chien couché en boule devant le feu, son maître à l'étable, et Patience vaquant à ses occupations du soir. Gaspard comprit combien la maison lui était familière et combien elle lui manquerait longtemps après son départ. Aujourd'hui, il devait apprendre à se défaire de tout. A rompre le lien qui l'unissait aux Toutin et partir comme venu, les mains vides. S'écarter à jamais de cette route toute tracée et s'engager sur un chemin inconnu, la besace pleine d'espoir et de courage, ses seuls biens, le cœur débordant d'amour. « Cela devrait suffire ! », se dit-il, songeant à Mélie.

Franchir les derniers mètres jusqu'à la porte lui fut pénible. Il allait affronter le visage réjoui de son maître qui attendait tant de lui, celui plus circonspect de Patience. Mariole ne manquerait pas de faire fête à ce compagnon aux mains si douces, enfin de retour. Ce serait le seul moment de joie avant de faire bonne figure, de vider son sac et, dans le silence et la tristesse, manger et passer au lit.

Il choisit d'entrer par l'étable. Il faisait chaud sous le plafond bas. Une forte odeur l'embaumait, les sabots allaient et venaient, et les bêtes, le nez dans le foin, ruminaient paisiblement. Toutin récurait un peu de paille souillée qu'il chargeait sur une brouette. A la vue de Gaspard, il planta sa fourche et s'avança vers lui, le visage fendu d'un large sourire.

– Te voilà ! Tu es trempé comme un bouillon...

– Bonjour, maître Toutin. Ce n'est rien, l'averse m'a rattrapé.

– Bonjour, garçon. Alors, cette fête des genêts, bien passée ?

– Bien.

– A la bonne heure. Et... avec la demoiselle ?

– Pareil. Très bien. Me voici son promis.

– Ha ! Ha ! Ha ! Je m'en doutais. La patronne va tirer une drôle de figure. Bah ! ce sont tes affaires, pas les siennes. Et si tu veux mon avis, garde-toi de lui en toucher mot.

– Non !

– Pas ce soir, du moins. Laisse-moi prendre la température, demain il sera temps. A-t-on idée de vouloir obliger un gars, qui en plus n'est pas le sien, à marier une fille sous prétexte d'amitié avec la mère...

Toutin, contrarié, s'interrompit, songeant à la proposition de Patience de faire de Gaspard leur légataire, la fille Bogelot pour femme. « S'il refuse Mauricette, songea-t-il, Patience restera-t-elle dans les mêmes dispositions ? Après tout, elle est propriétaire pour moitié de Basson-Seul ! »

– Faisons comme j'ai dit, veux-tu, garçon ? Parlons de tout demain.

– Entendu. Vous devez avoir vos raisons.

Gaspard s'éloigna.

– Je vais passer mes vieilles frusques et terminer de sortir la litière.

Au cours de la soirée, Gaspard réussit à garder ses distances avec Patience, aidé par Toutin qui ne cessa de parler à table et, plus tard, devant l'âtre. D'ailleurs, le jeune homme écourta la soirée ; fatigué par tant de marche en deux jours, il s'excusa et rejoignit sa chambre.

La porte à peine tirée, Patience s'empressa de tomber sur Toutin.

– Alors, a-t-il parlé ?

– Pas un mot.

– Je suis sûre du contraire !

– Fais comme moi, attends demain. Ce soir, il était trop crevé pour raconter.

– Mais toi, tu n'as pas une petite idée de son choix ?

– Pas la moindre.

– Quand même, recevoir Basson-Seul en héritage, pour un gars comme lui qui n'a pas un pantalon à se mettre, ça doit aider à réfléchir !

– Demain tu seras fixée. De toute façon, son choix sera le bon. Et si d'aventure il était contraire au tien, qu'est-ce que ça changerait ?

– Tout. Je ne veux pas d'une étrangère dans ma maison.

– Ah ! Mauricette Bogelot n'est pas une étrangère, peut-être ? Et crois-tu que tes fils ne t'auraient pas ramené une étrangère, le moment venu de se marier ?

– Lorlanges n'est pas mon fils. Quant à Mauricette, elle est la fille de mon amie.

– Pauvre cruche, tu raisonnes comme...

– Cruche !

– Parfaitement ! Maintenant assez, nous verrons demain, un point c'est tout.

Toutin racla nerveusement le foyer de sa pipe et gagna le lit. « C'est bien ça, pensa-t-il, elle ne lâchera pas facilement... »

– Tu viens te coucher ! cria-t-il encore. Je veux moucher la chandelle.

– Mouche donc, je connais le chemin !

– Et marda, marmonna-t-il.

Toutin et Gaspard terminèrent d'avaler leur soupe de la matinée. Le maître de Basson-Seul, imité par son « valet », essuya son couteau sur sa cuisse, fit claquer la lame et le fourra dans sa poche.

– On dirait que le brouillard ne viendra pas nous boucher la vue aujourd'hui, constata Toutin, une fois dehors.

Ils détachèrent les vaches, et Gaspard, flanqué de Mariole, entraîna le petit troupeau à paître devant la maison.

– Allez, ce sont vos dernières journées passées au grand air avant longtemps.

Puis il se rendit à l'écurie détacher Cantalou.

– Toi aussi, profite.

Fendre le bois l'occupa une partie de la matinée. Pendant l'estive, Toutin avait ramené de la hêtraie branches et rondins disponibles qu'il fallait maintenant placer à l'abri et mettre à la bonne longueur.

L'heure de déjeuner approchait. Patience sortit sur le seuil avec l'intention d'appeler les hommes, lorsqu'elle vit venir sur le chemin une grande femme curieusement accoutrée. De longues et amples jupes passées les unes sur les autres traînaient jusqu'au sol, et deux vestes d'homme, enfilées de même, lui charpentaient une carrure de fort des Halles. Un bonnet gris enfoncé aux yeux et une écharpe de laine, doublement nouée, achevaient de la déguiser.

– Rosine ! s'exclama Patience, heureuse de revoir la grande femme.

Au bout d'une corde, elle tirait un âne chargé d'un balot qui se mit à braire, heureux de retrouver du monde.

– Ma foi, Rosine, vous voilà bien au chaud, là-dessous.

– Boh ! j'ai fait quelques échanges. Et puis, moi, un rien m'habille.

– On n'espérait plus notre colporteur !

– Tu sais bien que je ne termine jamais ma tournée sans un petit détour par chez vous.

L'âne se mit à braire.

– Veux-tu te taire, malappris !

Toutin et Gaspard cessèrent leur ouvrage et observèrent la scène depuis le mur où ils entassaient le bois.

– Regarde, dit Toutin, c'est elle, la fameuse Rosine. Elle tombe bien, je n'avais plus de tabac. Un sacré numéro, cette bonne femme ! Elle arrive toujours chez les gens au moment de passer à table, midi et soir. On lui verse la soupe, on fait bouffer son âne, on la couche et elle repart sans un sou dépensé. Bah ! on l'aime bien tout de même. En contrepartie, elle fait cadeau d'une babiole ou d'une cochonnerie à la maîtresse de maison, et le tour est joué. Fortiche, la vieille ! Depuis le temps qu'elle pratique, elle doit être cousue d'or ! L'âne également connaît la musique. C'est pour ça qu'il braille tant. Il sait que le picotin n'est pas loin. Viens, on va aller taquiner ce grand escabeau. Regarde-moi cette dégaine ! Avec ses poils au menton, elle ressemble a un cul de singe ! Il n'y a que Foussarat, le cantonier de Compains, pour vouloir grimper dessus. Il est encore plus arsouille et plus sale qu'elle !

Toutin et Gaspard rejoignirent les deux femmes.

– Adieu, Rosine !

– Ah ! te voilà, toi !

– Garçon, je te présente un des plus beaux partis du canton. Et si elle est encore fille aujourd'hui, c'est uniquement par fidélité. A la bouteille !

Rosine partit d'un grand rire qui secoua toute sa charpente.

– Sacré Toutin, tu ne me rates pas !

L'âne reprit sa sérénade.

– Tu vois, Rosine, le Loule est d'accord avec moi.

– Oh ! lui, je sais bien pourquoi il gueule comme un âne !

– Parce que c'en est un, pardi !

Tous les quatre éclatèrent de rire.

– Je voulais dire qu'il avait reniflé l'avoine.

– C'est que, au prix où elle est, et vu ce que tu es prête à donner, la pauvre bête n'aura pas d'indigestion !

– Ce Toutin ne serait pas une mauvaise langue, des fois ?

– Ne l'écoutez pas, Rosine. Il ne pense qu'à taquiner, s'empressa de dire Patience.

– Allez, on va tout de même t'en donner. Hein, mon beau ! On va aussi te décharger de tout ce bazar. Tu mérites bien un peu de repos. Parce que, entre nous, te trimballer sur les chemins, guidé par ce grand carnaval, ne doit pas être drôle tous les jours. Pas vrai, le Loule ?

– Toutin ! Tu exagères, protesta Patience, feignant l'indignation.

– Dis, c'est elle qui est déguisée, pas moi !

Toutin s'empara de la corde et tira l'âne à l'écurie.

– On va piquer une bonne ration à Cantalou et je vais te l'arroser avec un petit peu de vin.

– Ne va pas me le saouler !

– La belle affaire, vous marcherez de travers tous les deux, mais ensemble !

– Ne l'écoutez pas, Rosine, venez manger la soupe, elle est prête.

– Ce n'est point de refus. Oh ! j'allais oublier. Comme je passais à Espinchal, la Minette Bogelot m'a remis une lettre pour toi. Par exemple, va savoir où je l'ai fourrée, avec toutes ces poches !... Si, la voilà !

Patience récupéra son enveloppe en piteux état et précéda Rosine dans la maison.

– Je lirai ça tout à l'heure.

Tous quatre se retrouvèrent attablés. Rosine bascula coup sur coup deux verres de vin et plongea sa cuillère dans son assiette de soupe. Elle en reprit volontiers, but encore un verre cul sec et vida la moitié d'un autre dans son restant de soupe.

– Elle est fameuse. Patience, je vais te récompenser en te faisant cadeau d'un joli baromètre en bois sculpté, avec le cadran entouré de cuivre.

– Garde-le pour les bourgeois, on n'a pas besoin de cet engin pour connaître le temps, répliqua Toutin.

– Écoutez-le ! Un baromètre est un objet scientifique, et tu ferais bien de t'en servir. Parce que si tu devais me payer chopine chaque fois que tu t'es trompé, mon bourricot ne suffirait pas pour les transporter !

– Sacrée Rosine ! Allez, faisons la paix et trinquons. Tu auras toujours le temps d'arriver à Compains.

– Je dois y être vers les six heures, Foussarat m'attend.

– Ah ! Et que te veut-il, ce vieux bouc ?

– Toutin !... Patience roulait de gros yeux.

– Y a pas de mal à demander, je pense !

– Qu'il me visite un peu la boutique, pardi ! Ça fait bien une paire de mois qu'il n'y est point entré !

– Rosine, je crois que vous avez assez bu pour aujourd'hui !

– T'en fais pas, ma fille, je tiens le coup.

Gaspard et Toutin se tenaient les côtes, imités bientôt par Patience.

Rosine bascula un dernier verre. Appuyant son front sur son avant-bras, elle s'endormit à demi vautrée sur la table.

– Pourquoi as-tu enivré cette pauvre femme ? Regarde dans quel état elle est !

– Parce qu'elle aime ça, et qu'il ne faut pas la pousser bien fort pour qu'elle tombe dans le vin. Laisse-la dormir une heure et tout ira bien. Nous, nous retournons au travail.

Une fois dehors, Toutin confia à Gaspard :

– Avec la venue de Rosine, tu es passé à travers les mailles de la patronne. De mon côté, j'en ai rajouté pour qu'elle oublie, mais ce soir, ne compte pas y échapper.

– Elle n'a pas cherché à savoir ?

– Oh ! si. Tu connais une femme, toi, qui ne pose aucune question ? Mais je l'ai envoyée promener ! Et je peux te dire qu'elle va faire vilain, quand elle saura que tu t'es entendu avec Mélie pour le mariage !

Patience décacheta l'enveloppe et lut la lettre de Minette. Les quelques lignes lui apprirent que les Bogelot seraient à Basson-Seul dimanche, accompagnés de Mauricette, enfin décidée à faire un saut au pays. « Pourvu qu'ils se plaisent l'un l'autre ! », pensa Patience, jetant la lettre au feu.

Aux alentours de trois heures, alors que l'on s'apprêtait à la traite du soir, Patience alla secouer Rosine, toujours endormie. Dégrisée, la grande femme grogna, ouvrit les yeux, bâilla, s'étira sur son banc et se leva en se plaignant d'une douleur au dos.

– Ce que j'ai mal ! J'ai dormi longtemps ?

– Oui, quand même, il est trois heures passées. Venez, les hommes ont chargé le Loule. Il ne faut plus tarder, maintenant, le jour est déjà gris comme la cendre.

– On y va. Amène-toi, je vais te donner ton baromètre, ça me débarrassera.

Plongeant ses yeux encore vitreux dans son bric-à-brac entassé sur le dos l'âne, elle finit par dénicher le fameux appareil scientifique qu'elle offrit à Patience, et deux tablettes de tabac.

– Pour toi, l'arcandier, un petit cadeau. L'hiver passera plus vite.

– Merci, Rosine. Tu es brave.

– Mais oui, mon bon cœur me perdra ! Allez le Loule, il est temps de se mettre en route. Passe devant.

Rosine saisit la queue de l'âne et donna le signal du départ.

– Yop ! Yop ! Bonne santé vous autres, et à l'année prochaine !

– Portez-vous bien, Rosine.

– Le bonjour à Foussarat !

– On lui dira !

Toutin et Patience – Gaspard en retrait – regardèrent Rosine s'éloigner. Nanti d'un gros fessier, elle se balançait d'une jambe sur l'autre, pendue à la queue de l'âne. Le tableau avait quelque chose de comique qui les fit sourire.

– Faut-il que le Marcel Foussarat soit drôlement constitué pour monter sur un échafaudage pareil !

– Tu es un grossier personnage, Baptiste Toutin.

Patience lui remit le baromètre dans les mains et tourna les talons.

– Que veux-tu que je fasse de ça ! cria Toutin.

L'après-midi passa doucement. Toutin entreprit de baratter un peu de beurre. Patience, retranchée devant le feu, n'en bougea pas. Gaspard changea la litière de Cantalou et chargea les crèches de l'étable. Puis, le moment venu, il rentra vaches et cheval, et enferma la volaille. Le jour se faisait tout petit.

– Le voilà vieux, dit Toutin. Il rentre la tête dans les épaules, courbe l'échine, tombe à genoux, se couche et se couvre d'un drap noir. Le matin, au contraire, le voilà jeune homme qui se déplie, se dresse, grandit, relève la tête, pointe les bras et touche le ciel. Je racontais ça à mes fils quand, tout enfants, ils me questionnaient sur le jour et la nuit... Garçon !

– Oui ?

– Tout à l'heure, ne te laisse pas influencer, mène la vie qui te semble être la meilleure pour toi.

– Je m'en souviendrai.

– La patronne n'est pas une mauvaise femme, loin de là. Seulement, elle est avant tout une mère sans enfants. Les pires de toutes.

A l'heure de passer à table, Patience pointa le nez à la porte et appela le chien. Mariole rappliqua, son plat l'attendait. Gaspard et Toutin rentrèrent à leur tour.

Le dîner commença dans le plus grand silence. Chacun guettait l'autre du coin de l'œil. Le bois crépitait dans l'âtre. Portes closes, Basson-Seul se préparait à sommeiller, comme chaque soir depuis un siècle que le vent s'enroulait à la pointe des frênes et des hêtres, et chantait sa lancinante berceuse. Repoussant son bol devant lui, Gaspard se décida :

– Bon... Tous les deux vous savez que je suis allé à Dauzat, pour y rencontrer une femme. Nous avons parlé et, je ne vous le cache pas, nous sommes convenus de nous marier. Je sais que ça ne vous plaira pas... mais c'est elle que j'aime.

Patience ne releva pas la tête. Elle accusa le coup et, d'une voix blanche, lâcha :

– Qu'en savez-vous ? Vous n'avez encore jamais vu Mauricette !

– Bien sûr, mais... ce sentiment-là ne se commande pas.

– Vous la verrez dimanche.

– Comment, dimanche ? demanda Toutin.

– Les Bogelot nous rendent visite ce jour-là.

– Qui a manigancé tout ce...

– Personne. Seulement, j'avais entendu dire que Jean devait se rendre à Dauzat pour y rencontrer cette fille. Et Minette et moi, à la foire, nous nous étions entendues qu'ils viendraient le dimanche suivant, pour parler. Ce qui me donnait le temps de vous annoncer que nous voulions faire de vous notre légataire.

– Eh bien ? demanda encore Toutin.

– Rosine m'a apporté une lettre d'Espinchal, dans laquelle Minette me confirme leur venue. Mauricette sera du voyage.

Après un court silence, Gaspard annonça :

– Ne vous inquiétez pas : dimanche, je serai loin.

– Ah ! non, par exemple ! protesta Patience. Vous ne partirez pas avant d'avoir rencontré Mauricette !

Puis elle fixa brutalement Gaspard et ajouta :

– Et peut-être pas du tout, qui sait !

– Ne t'emballe pas, garçon. Prend le temps de réfléchir.

– C'est tout réfléchi. Vous-même, ne m'avez-vous pas dit...

– C'est vrai, je te l'ai dit. Mais je te dis aussi de prendre le temps de réfléchir. Ne peux-tu attendre une semaine ?

– D'accord, jusqu'à dimanche.

Patience se leva et, repoussant son banc avec humeur, défiant Gaspard, lança :

– Si Basson-Seul ne vous intéresse plus, quelqu'un d'autre en profitera.

Il ne fut plus question de rien jusqu'à la fin du dîner. Encore un fois, Gaspard ne s'attarda pas devant l'âtre. Il prétexta une porte mal fermée et sortit accompagné de Mariole. Tous deux s'installèrent sur une bille de bois, protégés du courant d'air dans l'angle que faisait le mur avec les bûches entassées. Ils restèrent un moment, avant que le froid ne les rentre.

Toutin tirait sur sa pipe, le regard perdu, étonnamment calme. Une attitude qui déplut à Patience.

– Mais parle, dis quelque chose !

– Que veux-tu, ce garçon est libre. Libre d'aimer qui il veut. Son arrivée m'avait redonné goût à la vie, et s'il vient à partir... je ne sais pas comment tourneront les choses pour moi. Mais je te défends de lui parler dans ce sens.Tu m'entends bien !

– Je t'entends. Tu ne vois rien qui puisse le faire changer d'avis !

– Non. Mais explique-moi : la visite des Bogelot servira à quoi ?

– A ce que les jeunes gens se connaissent ! Qui sait...

– Je crois que tu te trompes, Jean sait ce qu'il veut.

– Si j'allais la trouver, cette Mélie ! Entre femmes, on peut se...

– Tu te perdrais, elle te rirait au nez. C'est une fille de caractère, qui ne doit pas s'en laisser compter. Regarde les choses en face, Patience, tu es prête à sacrifier la vie de ce garçon pour arranger les couillonnades de la fille Bogelot.

– Est-ce sa faute, si ce salaud l'a plaquée ?

– Peut-être pas. Mais pourquoi Jean devrait-il payer ? Ce n'est tout de même pas lui, le salaud !

– C'en est un.

– Je t'en prie, garde la mesure. Tu me demandais de parler ! Alors, sache-le, j'ai effectivement quelque chose à dire, mais pas avant le passage des Bogelot !

– Très bien. Dans ce cas, moi aussi je vais attendre dimanche pour parler. Et prépare-toi, parce que je n'ai pas l'intention de te ménager !

15

Il fallut passer la semaine. D'interminables journées au cours desquelles on s'observa, on s'évita. On se contenta d'échanger quelques paroles indispensables au bon fonctionnement de la maison. Patience ne décrocha pas un mot. De son côté, Toutin – en grand désarroi –, ne parvenant à admettre l'idée de perdre son garçon, passait le temps à la recherche d'une solution capable de le retenir. Gaspard, quant à lui, se sentait coupable : ces gens qu'il avait abordés, puis si facilement trompés, aujourd'hui déterminés à le considérer comme leur propre fils, sur le point de lui céder d'un coup de plume au bas d'une page ce qu'ils avaient mis des années à bâtir, il s'apprêtait à les lâcher.

Le jeudi, la neige se mit à tomber. Rien de grave, mais suffisamment pour blanchir les prés. Les vaches ne purent sortir. Patience pria pour que le temps ne se dégradât pas davantage. Par chance, elle fut entendue. Le ciel, menaçant, au bout du compte demeura en l'état.

Le dimanche, les Bogelot, engoncés dans leurs habits de jour de fête, arrivèrent à Basson-Seul tirés par deux chevaux. Onze heures sonnaient à la pendule. Patience et Toutin, également endimanchés, sortirent les accueillir. Gaspard, revêtu du costume et des souliers de Joseph – en valet consciencieux –, s'occupa de dételer et de conduire les chevaux à l'écurie, pour ensuite se joindre aux familles assises autour de la grand-table.

Patience s'empressa de l'installer aux côtés de Mauricette et déposa un verre de gentiane devant lui. Grande, bien tournée, la jeune femme, habillée d'un tailleur gris perle, sentait un parfum de cannelle. Gaspard devina en elle les manières agréables des femmes de la ville – comme de porter son chapeau avec élégance, sur le front, légèrement incliné sur l'oreille, de conserver aux mains une jolie paire de gants de coton travaillés au crochet, ou encore, largement étalé sur ses épaules, un châle de laine fine, bleu pâle, rappelant la couleur de ses yeux. Un monde séparait Mauricette de Mélie, et Gaspard se plut à imaginer la servante du curé de Dauzat habillée pareillement. Son corps de liane moulé dans semblables étoffes, coupées à la mode du jour, ses cheveux rassemblés et calamistrés sur sa nuque, ses pieds chaussés de bottines à pressions, sa démarche naturellement souple, presque hautaine... sans doute Mélie, lâchée dans le monde, eût-elle attiré les regards plus qu'aucune autre femme préoccupée de séduire. Mais, de cela, Gaspard se moquait ; du coin de l'œil, il surveillait le visage gracieux de Mauricette que quelques mois passés à la ville avaient suffi à transformer ; sa coquetterie n'enlevait rien à la simplicité de Mélie, qu'il aima encore davantage à cet instant. « Vivement que prenne fin cette mascarade ! », songeait-il.

Chacun imitant Toutin, on leva son verre et l'on trinqua à la bonne santé. La conversation roula sur le temps, l'état des chemins à l'approche de l'hiver et sur l'horaire du retour, qui ne devrait pas excéder trois heures. Les hommes reprirent une tournée d'apéritif, les femmes un fond de cassis. Antoine

Bogelot secoua son gros ventre de rire en apercevant le baromètre suspendu au-dessus de la maie. Et expliqua ses misères à se débarrasser de Rosine, qui avait voulu à tout prix leur offrir l'objet « scientifique ».

– Elle en avait toute une cargaison au départ de sa tournée. Bien sûr, elle a tenté de les vendre, mais comme personne n'en voulait, tellement ils sont moches, elle a fini par les distribuer. La garce, il a fallu que je me fâche pour qu'elle remballe sa camelote !

– C'est vrai qu'il est vilain, je ne sais pas pourquoi je l'ai mis là. Il serait mieux avec les poules, se défendit Patience, prise en flagrant délit de mauvais goût.

Puis les femmes dressèrent le couvert. Toutin coupa de larges tranches de pain. Gaspard fit sauter les bouchons de deux bouteilles et Patience déposa au centre de la table la soupière des grandes occasions, assortie à la vaisselle. On lampa allègrement la première assiettée et on se resservit. Le choux farci frémissant dans une cocotte en fonte fit des heureux et disparut sans laisser de trace. Le bœuf en croûte, accompagné de pommes de terre, subit un sort identique. Et on s'achemina vers les fromages et la pompe aux pommes, café, liqueurs, avec un appétit égal. Exceptionnellement, Toutin bourra sa pipe, tandis qu'Antoine roula un peu de tabac dans une feuille de papier Job.

– Jean, vous devriez montrer les bâtiments et votre Cantalou à Mauricette. Ma fille adore les animaux. Petite, elle voulait toujours dormir avec les veaux et les porcelets.

– Maman ! Ça n'intéresse personne, s'insurgea Mauricette.

– Diable, il n'y a pas de mal à dire que tu aimes les cochons !

– Ma pauvre femme, tu es plus bête qu'une paire de sabots, déclara Antoine.

– Eh ! pourquoi ?

– C'est une idée, renchérit Patience, n'est-ce pas Jean ?

Gaspard souleva les épaules.

– Mais couvrez-vous, par exemple, avec ce froid !

Mauricette et Gaspard se toisèrent un instant et quittèrent le banc. Las de rester immobile, Mariole leur emboîta le pas. Dehors, Mauricette remonta son châle à hauteur de sa bouche ; le vent commençait à tourbillonner et l'air glacé piquait le nez, les doigts et les oreilles.

– Venez à l'écurie, nous y serons au chaud, suggéra Gaspard.

A leur arrivée, les chevaux tournèrent la tête, contents de cette compagnie inattendue.

– Voici Cantalou. Un beau garçon, non ?

– Oui, en effet, monsieur Jean. Lui, c'est Fièro, et elle, la jument, Balade. Baptisés par mon père un jour de grande inspiration.

– Beaux et solides.

Ils flattèrent un moment les chevaux.

– Monsieur Jean...

– Ne me donnez pas autant de « Monsieur » !

– Jean, alors !

– Je préfère.

– Jean, vous et moi savons à quoi est dû tout ce remue-ménage !

– Je le sais, et à ce propos...

– Non, laissez-moi finir, j'ai déjà assez de mal à vous parler.

– Je vous écoute.

– Eh bien... rien n'est possible entre nous. Non que vous me déplaisiez, mais parce que tout simplement je ne suis pas libre.

– Vous pensez au père de votre fille !

– Oh ! non, celui-là... Non, non, je pense au garçon que je fréquente à Clermont. Lui et moi... nous allons nous marier, et ma fille portera son nom.

– Je comprends. Une jolie femme comme vous, dans une grande ville, n'a que l'embarras du choix.

– Le fait que j'ai déjà un enfant ne le dérange pas, ses parents non plus. Ce sont eux qui gardent Lucienne jusqu'à demain. En ville, on a les idées plus larges que chez nous.

– Vous êtes tombée sur de braves gens.

– Oui, je les aime beaucoup. Pour ma fille, ils sont comme des grands-parents. Et puis, avec Louis, nous comptons bien avoir d'autres enfants. Alors vous voyez, vous et moi... Je voulais que vous le sachiez, rien n'est possible.

– Ha ! Ha ! Ha ! Le plan des Toutin et de vos parents ne tient plus debout, et ils ne se doutent de rien !

– En effet, et mon intention est de mettre mon père et ma mère au courant dès le mois prochain, à l'occasion de mes fiançailles. Entre nous, quelle importance pour eux ! Vous ou un autre, le principal, dans ma situation, est que je trouve un mari.

– Quand même, Basson-Seul, votre mère devait y tenir... Elle va faire une drôle de tête.

– Ça lui passera, quand elle saura que Louis est ingénieur. Ma vie n'est plus ici. Maintenant que j'ai goûté aux avantages de la ville, je ne veux plus m'en passer. Mes enfants iront dans une grande école, aux spectacles, ils marcheront sur des trottoirs goudronnés et prendront le tramway.

– Vous avez raison, il faut vivre la vie pour laquelle on est fait, comme dit maître Toutin.

– Alors vous n'êtes pas fâché ?

– Fâché ? Non ! Figurez-vous que vos confidences arrivent à point. J'avais l'intention, moi aussi, de vous annoncer que j'ai déjà quelqu'un en tête. Bientôt, comme vous, je serai installé à Clermont. Mélie, c'est son nom, m'y rejoindra l'été prochain, dès que nous serons mariés.

– Je suis bien contente pour vous. Tout s'arrange, en somme. Mais pourquoi vouloir quitter Basson-Seul ?

– La patronne me tient, une bêtise que j'ai faite. Le maître n'est pas au courant, et elle menace de lui révéler la vérité si je ne vous épouse pas.

– Patience doit être bien malheureuse pour en arriver là.

– Sans doute. Mais, maintenant que le mariage n'est plus possible entre nous, elle va cracher le morceau. Et quand le maître saura, il me foutra dehors.

– Peut-être pas, il serait bien avancé ! Vous êtes le plus fort. N'oubliez pas que Toutin veut faire de vous son héritier.

– Qu'entendez vous par « le plus fort » ?

– Réfléchissez : si vous allez trouver maître Toutin pour avouer votre faute, vous coupez l'herbe sous les pieds de Patience...

– Peut-être, mais cela ne changera rien.

– Si : il vous pardonnera.

– Vous ne le connaissez pas !

– A votre place, je n'hésiterais pas.

– De toute manière, la patronne ne veut pas de Mélie sous son toit.

– Battez-vous, Jean, faites comme moi. Bougez-les ! Si vous croyez que je vais ménager mes parents !

– Mais ce sont vos parents, et moi je ne suis pas leur fils !

– Ils n'ont plus que vous !

– C'est délicat de...

– Qu'avez-vous à perdre ?

– Pas grand-chose, en effet. Peut-être avez-vous raison.

– J'en suis certaine. En ce qui nous concerne, faisons comme s'il y avait accord entre nous, ils nous ficheront la paix. Et quand vous serez seul avec eux, dites-leur que je suis promise à un autre. Je ferai pareil de mon côté. Qu'en dites-vous ?

– Que c'est peut-être la bonne solution.

– Alors, topez-là !

Gaspard et Mauricette se tapèrent dans la main et éclatèrent de rire.

– Maintenant, ajouta-t-elle, si vous n'y voyez pas d'inconvénient, rentrons. On gèle, ici.

Mauricette, transie, se précipita devant l'âtre.

Les Toutin et les Bogelot abandonnèrent leur jeu de cartes et se tournèrent vers les jeunes gens.

– Alors, ma fille, les chevaux se portent bien ? demanda Antoine.

– Certainement, ils ont moins froid que moi.

– Voulez-vous un peu de café pour vous réchauffer ? proposa Patience.

– Je veux bien, merci, répondit Mauricette, grelottante.

– Et vous, Jean ?

– Une tasse avec un petit remontant au fond, je ne dis pas non.

Antoine décocha un clin d'œil à Toutin :

– Il est vrai que, par ces températures, le foin ne suffit pas pour se réchauffer.

– Nous sommes peut-être transis, mais nous avons de bonnes raisons d'être tout à fait contents, déclara Mauricette avec une petite pointe d'ironie dans la voix.

– A la bonne heure ! Toutin, verse à boire, jubila Antoine.

Patience et Minette ne se tenaient plus de joie.

– Je sens, brailla Antoine, passablement éméché, qu'on va faire une sacré bombe un de ces quatre matins !

Gaspard et Mauricette échangèrent un regard complice.

– Tu auras intérêt à te tenir proprement, Bogelot ! se récria Minette, feignant la colère. Parce que si tu es rond comme un boudin, j'aurais tôt fait de te virer dans le premier plumard venu !

– T'occupe, la grande, je...

– Vous savez, l'interrompit Mauricette, vous aurez le temps d'en reparler. J'ai bien l'intention de me marier, mais seulement aux beaux jours.

– Dans ce cas, reprit son père, je veux bien boire un petit verre de plus, d'ici là j'aurai retrouvé l'aplomb !

La pendule sonna la demie de deux heures. Les Bogelot durent songer au départ. On commença à enfiler manteaux et pèlerines.

– Le temps d'atteler, ce sera l'heure.

– La nuit aura tôt fait de nous bouffer.

– Je m'occupe des chevaux, décida Gaspard, trop heureux d'échapper aux adieux.

– Tiens, Toine, je vais te faire un cadeau à l'occasion de cette journée mémorable.

– Bien aimable de ta part.

– Ce beau baromètre.

– Ah ! là, Toutin, tu me gâtes !

Antoine prit l'objet « scientifique » et, se retournant, s'en débarrassa immédiatement dans les bras de Minette.

– Que veux-tu que je fasse de cette saloperie ? s'écria-t-elle.

– Et moi ! Tu n'as qu'à passer une ficelle dans l'anneau et te l'accrocher autour du cou !

Mauricette, Antoine, Minette prirent place dans la carriole à quatre roues. Les deux familles se mirent d'accord pour reparler de tout le premier dimanche de mai.

– Cette fois, c'est nous qui ferons le voyage jusqu'à Espinchal ! proposa Toutin.

Les dernières poignées de mains échangées, les dernières embrassades distribuées, Antoine fit claquer son fouet. La carriole s'éloigna au pas, escortée à la fourche du chemin et de la route par Patience et Toutin. En arrière, Gaspard se contenta d'agiter la main.

Puis les chevaux se mirent au trot.

16

Une lumière cotonneuse et bleutée, proche du violet, laissait planer une étrange pesanteur. Le ciel semblait s'alourdir de minute en minute, annonçant un imminent changement de temps.

« Il fallait s'y attendre. Le tout est de savoir si les Bogelot arriveront avant les premiers flocons, se dit Toutin. Il va falloir ressortir le traîneau. »

Revenant sur ses pas, il rejoignit Gaspard à l'étable, déjà affairé à la traite.

– Te voilà au travail, garçon !

– Il est l'heure.

– S'il neige cette nuit, ce qui ne serait pas surprenant, demain nous devrons nous rendre au-devant du meunier prendre livraison de la farine.

Patience parut à son tour sur le seuil de l'étable.

– Toutin ! lança-t-elle. Rentre vite un peu de bois, le feu est sur le point de crever !

– Allez-y, maître Toutin, je ferai sans vous.

Resté seul, Gaspard sortit de l'étable et scruta le ciel. « Il a raison, songea-t-il, la neige n'est pas loin. Si ça se met à tomber, la descente sur Issoire ne sera pas une partie de plaisir... »

Toutin empila les bûches contre le manteau de la cheminée et se retourna vers Patience.

– Te voilà heureuse, j'espère ! Les choses semblent se passer comme tu le souhaitais.

– Et toi, tu ne l'es pas ?

– Oh ! moi, le principal est que Jean reste parmi nous. A part ça, il peut marier qui il veut.

– Eh bien ! oui, je suis heureuse. Tu as vu Minette, elle était à deux doigts de verser une larme. Que dirais-tu d'aller chez le notaire dès demain ?

– Impossible, demain on reçoit la farine. Mais, mardi, si le temps le permet, pourquoi pas.

– Nous parlerons à Jean, ce soir.

– Si le cœur t'en dit. Qu'est-ce qu'on peut parler, dans cette maison !

– Peut-être, mais pas toujours pour ne rien dire. Pensais-tu, l'hiver dernier, que tu aurais un héritier aujourd'hui ?

– Ça non.

– Tu vois... Si nous n'avions jamais parlé...

– Quand même, je trouve qu'ils se sont bien vite accordés. Une demi-heure, à peine...

– Les jeunes ont tôt fait de s'expliquer, de nos jours. Tu ne te souviens pas, toi, comment tu t'y es pris ?

– Il l'a tout de même pas roulée dans le foin !

– Toi non plus, et pourtant nous sommes là.

Toutin ressortit et se rendit à l'étable où Gaspard transvasait le dernier seau de lait dans une gerle.

– Terminé, garçon ?

– Bah ! elles ne donnent pas grand-chose depuis qu'elles passent leur journée au lit.

Mariole rentra de son errance de l'après-midi pour se jeter sur sa soupe. Il y eut une ultime corvée de bois avant la nuit, et Gaspard, accompagné de Toutin, boucla Basson-Seul.

A six heures, on fut à table.

Patience allait et venait. Elle servait ses hommes, le sourire aux lèvres. Comme chaque soir à l'heure du dîner, le vent se mit à miauler. Mais, ce soir-là, elle ne l'entendait pas souffler le froid. Patience imaginait une maison dans laquelle, assistée de Mauricette, elle aurait à subvenir aux exigences de la petite Lucienne, désormais l'aînée d'un gros poupon prisonnier de son berceau. Elle en aurait mis sa main au feu, le bonheur était de retour chez les Toutin, et elle entendait bien le retenir.

– Il n'y a guère de restes de midi, annonça-t-elle. Aussi, en plus de la soupe, vous aurez droit à une omelette avec quelques girolles sèches. Il faudra sérieusement songer à acheter un fourneau. J'en ai ma claque de cuisiner cassée en deux au-dessus de la braise, ajouta-t-elle, grimaçante, en se relevant.

– Nous verrons au printemps. Maintenant, assieds-toi une minute et causons du cas de Jean.

Gaspard leva le nez de son assiette. Patience déposa l'omelette et prit sa place sur le banc.

– Non, laissez-moi d'abord parler, dit le jeune homme d'un ton assuré. Ce que j'ai à vous dire est important. Plus pour vous que pour moi d'ailleurs, parce que... Enfin, Mauricette et moi, ce n'est pas ce que vous croyez.

– Que veux-tu dire ?

– Qu'il n'y aura pas de mariage entre elle et moi. Autant que vous le sachiez maintenant.

– Et pourquoi ? rugit Patience.

– Parce que Mauricette a déjà quelqu'un à Clermont.

– C'est faux ! reprit Patience hors d'elle. Sa mère ne m'en a jamais parlé. C'est encore une de vos inventions !

– Une seconde, bon Dieu, donne-lui le temps de s'expliquer ! intervint Toutin. Raconte, garçon.

– Madame Bogelot n'a pu vous parler de rien, pour la bonne raison qu'elle n'est au courant de rien. Elle ne le saura que le mois prochain, lorsque Mauricette lui annoncera ses fiançailles.

– Avec qui ? hurla Patience.

– Un ingénieur, un certain Louis.

Patience abattit son poing sur la table.

– La garce ! La petite garce !

– Non, madame, non. Mauricette n'est pas ce que vous dites. Simplement, elle ne souhaite pas que sa mère décide de sa vie à sa place. De plus, elle a trouvé un brave gars qui ne voit qu'une femme avec un enfant et qui prend les deux. Ni vous ni moi, ni personne, ne pouvons changer le cours des choses.

– Ça t'apprendra à vouloir jouer les marieuses ! ironisa Toutin.

– Oh ! toi... Toi !

– Quoi, moi ?

– De toute manière..., reprit Gaspard.

– Oui, de toute manière ?..., questionna Toutin.

– Le mariage n'aurait pas eu lieu. Mauricette ne veut plus vivre à la campagne, et moi, vous le savez, j'aime quelqu'un d'autre.

Toutin écarta les bras.

– Dans ces conditions, rien ne s'oppose plus à ce que Mélie s'installe ici. Une fois que vous serez mariés, bien entendu. Qu'en dis-tu, toi, la patronne ?

Patience fixa Gaspard. Ses yeux n'exprimaient plus le moindre sentiment de vengeance. Toute force semblait l'avoir abandonnée. Elle posa ses mains sur la table et balbutia :

– Je ne sais plus... Je voulais tant qu'ici, tout recommence.

– Eh bien ! reprit Toutin d'un ton joyeux. Si les choses s'arrangent pour les Bogelot, elles s'arrangent aussi pour nous !

– Pas sûr, maître Toutin...

– Mais si ! Franchement, que tu maries Mélie, Mauricette ou la grosse Rosine, je m'en fous. Le principal, je l'ai déjà dit, est que tu restes !

– Justement...

Ses esprits retrouvés, Patience se leva et revint avec la cafetière. Elle regarda tour à tour Toutin et Gaspard, puis, plantée devant la table, les yeux baissés, dit à mi-voix :

– La vie est décidément bien capricieuse, je rêvais de mettre au monde une fille et j'ai eu deux fils, qu'elle m'a enlevés. Et le jour où je peux espérer m'en choisir une, elle m'en impose une autre... Lutter à contre-courant ne me vaut rien.

Patience ferma les yeux. « Si je parle maintenant, Gaspard partira, mais que deviendra Toutin ? ... », pensa-t-elle.

– Oh ! je sais, reprit-elle, bien des femmes à ma place, toutes ces épreuves passées, s'en contenteraient, baisseraient les bras et chercheraient la paix.

Elle eut un geste de lassitude, puis ajouta :

– Je ne suis pas de taille, il ne me reste plus qu'à me ranger du côté de celles-là.

– Patience !...

Toutin l'interpellait.

Elle releva la tête et dit encore :

– Toutin a raison, restez. Après tout, votre Mélie est peut-être bonne fille.

– Tu vois, la patronne est d'accord ! Et je te l'apprends peut-être, mais c'est elle qui a voulu faire de toi notre légataire ! Je te le concède, c'était un peu intéressé de sa part, mais tout de même ! Tu ne vas pas refuser !

– Je vous remercie bien tous les deux, mais...

– Jean, intervint Patience, dites oui, et ne parlons plus du reste. Cela a assez duré.

– Qu'entends-tu, par le « reste » ?

– Voyez-vous, c'est moi qui ne peux plus, maintenant.

– Tu ne peux plus quoi ?

– Je ne peux plus continuer à vous tromper.

– Tromper ? Vas-tu t'expliquer à la fin ! Je n'entrave pas un mot de vos racontars ! s'énerva Toutin.

– Je ne m'appelle pas Jean Lorlanges, voilà. Je n'ai jamais connu Joseph, et je vous ai menti pour m'introduire chez vous, parce que...

– Parce que ? demanda Toutin redevenu calme.

– Je voulais une famille. Voilà pourquoi.

Toutin ne put se retenir de rire.

– Sacré Gaspard ! finit-il par dire. Tu te décides enfin ! Et pourtant, que de fois j'ai espéré que tu me parles...

– Tu connais son nom ! s'écria Patience au comble de l'étonnement.

– Depuis le début. Gaspard La Tour, né de père et de mère inconnus, baptisé du nom du village où il a été trouvé, pupille de l'Assistance publique. Tu vois, je connais tout de toi.

– Ça alors, tu savais et tu te taisais !

– Eh oui ! je voulais qu'il me l'annonce lui-même.

– Autrefois, on t'aurait joué pareil tour...

Toutin enjamba le banc et se dirigea vers la cheminée. Ayant attrapé sa pipe, il se retourna et lança d'un air désabusé :

– Autrefois, peut-être, mais aujourd'hui... Regarde-moi, Patience, et regarde-toi. Nous n'avons plus le temps de tergiverser. Nous avons intérêt à prendre tout ce qui nous tombe du ciel.

– Comment as-tu su ?

– J'ai eu des doutes dès le premier soir... Te rappelles-tu, garçon, tu m'as raconté ton histoire et remis un bout de lettre avec un casque troué ! C'était bien l'écriture de Joseph. Le casque, ma foi, qu'il lui ait appartenu ou non n'avait guère d'importance. Par contre, je m'attendais à ce que tu me remettes sa médaille.

– Sa médaille ?

Toutin expulsa deux ou trois bouffées de fumée et retrouva sa place.

– Oui, il y tenait, à ces quelques grammes d'or. Son nom était gravé dessus.

– Mon Dieu, c'est vrai, sa médaille ! sursauta Patience, portant ses mains à son visage.

– Eh oui ! Je me suis souvenu que Joseph nous avait écrit qu'il allait épingler à l'intérieur de sa capote et sur ses chemises un petit mot avec notre adresse, pour que, s'il lui arrivait malheur, quelqu'un puisse nous la retourner. Qui aurait osé refuser ce dernier service à un mort ? J'en ai conclu que si Joseph avait eu la force de te demander de nous remettre sa lettre et son casque, il n'aurait certainement pas oublié de te confier sa médaille. De deux choses l'une, ou tu étais un menteur, ou tu étais un voleur.

– Mais alors, où est-elle, cette médaille ? s'inquiéta Patience.

– Va savoir. Celui qui a trouvé le mot ne savait peut-être pas lire !

– Quelqu'un a dû mettre la main dessus, mais ce n'est sûrement pas ce pauvre Lorlanges. Il n'avait rien sur lui que sa montre et je l'ai remise à ses parents, ajouta Gaspard, tête basse.

– Oublions ça.

– Qu'est-ce que c'était, au juste, cette médaille ? demanda Gaspard.

– Une pièce d'or, que les Toutin se transmettent de père en fils. Jean-Marie étant l'aîné, Basson-Seul lui revenait de droit, c'est donc à Joseph que je l'avais offerte, avec cent mille francs de compensation qu'il aurait touchés le jour de ses noces. C'est un secret de famille que tu ne pouvais pas connaître. Alors, je me suis décidé à fouiller tes affaires.

Gaspard eut un petit sourire.

– Le travail n'a pas dû vous prendre bien longtemps.

– En effet, ta besace était plutôt maigrichonne. Je n'ai pas trouvé de médaille, mais, dans les poches de ta capote, je suis tombé sur ton livret militaire et ton carnet de l'Assistance. De la sorte, j'ai appris ton identité.

– Pour vous, je n'étais donc pas voleur, mais menteur.

– C'est ce que je me suis dit. Mais je me demandais bien pourquoi tu mentais à tout le monde.

– Et tu ne m'as parlé de rien ? s'offusqua Patience.

– Tu étais à Espinchal, chez les Bogelot.

– Peut-être, mais après !...

– Après, après... Aurais-tu accepté qu'il revienne, si tu avais su ?

– Certainement pas.

– Tu vois ! Je me suis tu. C'était préférable. Et je ne l'ai pas regretté. J'en ai suffisamment appris sur lui les quelques jours qu'il a passés à Basson-Seul. J'ai eu le temps de comprendre que c'était de la bonne graine. Et preuve que je ne lui tenais pas rigueur de son mensonge : ma lettre à Coumelière. De toute façon, à partir de là ne restaient que deux issues pour moi : ou tu revenais, et tous les espoirs étaient permis ; ou tu disparaissais, et je ne me relevais pas. Oui, Gaspard, sans pouvoir expliquer comment, je peux dire que c'est toi qui m'a redonné l'envie de vivre.

– Les dés sont jetés, alors ! marmonna Patience, émue.

– Sans doute. Mais à l'avenir, laisse aller la vie sans tenter de la bousculer. Pour Basson-Seul, il ne peut y avoir meilleurs repreneurs que Gaspard et Mélie. Pour nous, ils seront l'assurance de nos vieux jours. Imagine, peut-être que dans un ou deux ans d'ici, il y aura un marmot qui t'appellera grand-mère ! Et tu ne te sentiras plus de joie.

Puis, tourné vers Gaspard, il dit encore :

– Tu deviendras le maître du domaine par vente acquittée devant notaire. Nous en aurons la jouissance jusqu'à notre mort, après tu n'auras de compte à rendre à personne. Voilà ce que nous avons décidé.

Gaspard se redressa. Il secouait la tête, comme égaré.

– Je ne vous remercierai jamais assez..., balbutia-t-il, étranglé par l'émotion.

– Ne pleure pas, garçon, aujourd'hui est un beau jour pour nous tous. Vois, tout recommence.

Silence.

– Accordez-moi deux ou trois jours, le temps de descendre à Dauzat annoncer...

– Prends, prends tes trois jours, même davantage. Et arrange-toi pour arriver jusqu'à la boutique d'un bijoutier, achète une de ces belles bagues brillantes que l'on voit dans les réclames des almanachs, passe-la au doigt de Mélie et dis-lui que, si elle le veut, vous serez mariés en mai.

Gaspard ne broncha pas. Tassé sur le banc, abasourdi, il tentait de rassembler ses idées. Patience, de marbre, le regardait. A ses yeux, il s'était imposé. La roublardise, mais également la naïveté et, elle en convenait maintenant, l'innocence, avaient été ses alliés. « Pire qu'un enfant auquel, tôt ou tard, il faut pardonner », pensa-t-elle.

Elle se leva et vint se placer derrière Gaspard. Une main posée sur son épaule, elle dit enfin :

– Mais surtout, assurez Mélie de notre part qu'elle est la bienvenue et que, maintenant, le plus tôt sera le mieux.

Gaspard essuya ses yeux d'un revers de manche et quitta le banc à son tour. Gauche, timidement, il fit un pas en avant et s'empara de la main que Toutin lui offrait. « Tout est dit », pouvait-on lire dans les yeux du maître de maison. Puis, lentement, il pivota en direction de Patience. Elle se tenait en retrait, souriante. Bras ouverts, elle l'attendait. Gaspard s'engouffra. « C'est donc ça, le parfum d'une mère, se dit-il. Et celle-là, je ne la partagerai avec personne. »

– Ça aussi, je lui dirai, susurra-t-il à son oreille.

Glossaire

AIGADE : pâturage.

ARCANDIER : apostrophe familière (« Salut, l'arcandier ! »).

BANNE : sommet volcanique.

BÉDÉLIER : homme chargé de prendre soin des veaux.

BIODE : blouse ample.

BOULONNAIS : race de chevaux de trait.

BOURETTE : jeune vache.

BURON : petit chalet de montagne où se fabriquent les fromages.

CABERLOT : tête.

CABRETTE : instrument de musique muni d'une poche à air en peau de chèvre.

CANTALES : reponsable du buron (voir ce mot) et de la fabrication des fromages.

CANTOU : banc, ou vaste cheminée.

COUZE : rivière torrentielle qui prend naissance dans les monts Dore et se jette dans l'Allier.

DÉVALADE : retour des troupeaux dans les vallées.

ESTIVE : période estivale pendant laquelle les troupeaux gagnent les pâturages.

GOURI : autre nom du rouf (voir ce mot).

GOURLE : ivrogne.

LANDIER : chenets équipés de supports pour recevoir bol et assiette.

LAUZES : pierres plates taillées pour les toitures, dans les régions volcaniques.

LIMOUSINE : grand imperméable que revêtent les bergers.

PANLADE : galette de pommes de terre râpées et œufs battus, passés à la poêle.

POMPE : gros chausson aux pommes ou aux pommes de terre.

RASE : petite saignée dans les champs, destinée à canaliser l'eau.

ROUF : apprenti, pâtre.

SOLE : semelle. Entrée du four à pain.

SOUILLARDE : pièce où se lave la vaisselle.

TERÇON : bœuf de trois ans.

THIBAUDE : sorte de tapis en tissu grossier ou en feutre.

Cet ouvrage composé
par D.V. Arts Graphiques à Chartres
a été achevé d'imprimer sur presse Cameron
dans les ateliers de Brodard et Taupin
à La Flèche (Sarthe)
en octobre 1997
pour le compte des Éditions de l'Archipel
département éditorial
de la S.A.R.L. Écriture-Communication.

Imprimé en France
N° d'édition : 192 – N° d'impression :1323T
Dépôt légal : novembre 1997